당신이 있어
　　　따뜻했던 날들

당신이 있어 따뜻했던 날들

초판 1쇄 인쇄 · 2022년 9월 5일
초판 1쇄 발행 · 2022년 9월 15일

지은이 · 최명숙
펴낸이 · 한봉숙
펴낸곳 · 푸른사상사

주간 · 맹문재 | 편집 · 지순이 | 교정 · 김수란
등록 · 1999년 7월 8일 제2-2876호
주소 · 경기도 파주시 회동길 337-16 푸른사상사
대표전화 · 031) 955-9111(2) | 팩시밀리 · 031) 955-9114
이메일 · prun21c@hanmail.net
홈페이지 · http://www.prun21c.com

ISBN 979-11-308-1951-8   03810
값 35,000원

큰글자책

푸른사상
산문선
37

당신이 있어
따뜻했던 날들

최명숙 산문집

ARKO
문학나눔
2021

푸른사상
PRUNSASANG

　문학은 사람의 삶을 탐구하는 것으로부터 시작된다. 그것은 문학을 향유하거나 생산해내는 모두에게 필요한 자세일 것이다. 본인이든 타인이든 한 사람의 삶에 생각의 추를 깊이 드리우고 헤집다 보면, 어느새 인생의 전반을 이해하게 되는 데까지 나아가게 되기 때문이다. 예술과 철학을 비롯한 모든 학문이 본질적으로 사람의 삶에 관심을 두지만 문학만큼 심층적일 수 있을까.

　문학에 발을 들여놓는 순간부터 '나'의 삶을 탐색하기 시작했다. 그러면서 나를 이해하게 되었고, 열등하게 생각되던 것들이 차츰차츰 나만의 독특한 경험으로 다가왔으며, 창작의 자양분이라는 것도 깨닫게 되었다. 그래서 묻어두었던 그것을 하나씩 드러내 글로 쓰기 시작했다. 그 과정에서 알게 된 게 또 있었다. 고단한 삶의 골짜기를 건널 수 있도록 힘을 길러준 최초의 사람, 일찍 아버지를 여읜 우리 형제들에게 완벽한 아버지가 되어주었고, 내 기억 속에 따뜻한 기운으로 남아 나를 나아가도록 밀어준 사람이, '삼촌'이라는 사실이다.

올해로 삼촌이 세상을 떠난 지 꼭 50년이 되었다. 삼촌에게 받은 사랑을 영원히 묻어두는 건 염치없는 일이었다. 무엇보다 삼촌과 함께했던 날이 내 삶에서 가장 따뜻했던 날들이라는 걸 알게 되었다. 가장의 무게를 지고 휘청대면서도 살아보려고 노력한 한 청년의 삶, 자식 하나 남기지 못하고 서른아홉 살에 삶을 마감한 우리 삼촌의 삶을, 내 방식으로 기념하고 싶었다. 그래서 살며시 꺼내 맑은 햇살 퍼지는 삶의 마당에 내놓는다. 나누었던 이야기, 받은 사랑, 삼촌의 모습, 짐작되는 것 등, 가슴에 담고 있던 삼촌과 얽힌 이야기를.

글의 구성은, 기억하는 한 연대기적으로 하되, 에피소드를 중심으로 형상화하여 1~3부까지 엮었다. 4부는 삼촌 사후를 중심으로 한 글을 모아놓았다. 순전히 기억에 의존했기 때문에 꿈속처럼 어렴풋이 생각나는 것들도 있었는데, 그 생각에 충실하려고 애썼다. 하나도 놓치고 싶지 않아 어릴 적 일기장을 뒤적이고, 가족들에게 물어보기도 했다. 신기하게도 누구보다 삼촌에 대한 기억이 나에게 가장 많았다. 그만큼 나에게 특별했기 때문일까. 경이로운 것은 어렴풋한 것들도 막상 쓰기 시작하면 엊그제 일인 듯 고스란히 떠오르는 것이었다. 무

당신이 있어 따뜻했던 날들

의식 속에 깊이 가라앉아 있던 작은 기억의 알갱이가 오스스 몸을 털면서 일어나는 듯, 꾹꾹 눌러두었던 아픔과 그리움도 같이 기지개를 켰다.

쓰면서 많이 울었다. 또 지독하게 삼촌이 보고 싶었다. 실컷 울고 마음껏 그리워해서일까. 가슴이 후련하기도 했다. 시간 여행을 한 느낌도 들었다. 몇 달 동안 과거의 시간 속에 살았으므로. 울면서도 행복했다. 내가 사랑받고 신뢰받는 사람이었다는 걸 알았기 때문이다. 많은 결핍 속에서도 영혼이 따뜻할 수 있었던 이유도 거기에 있었다.

끝으로, 표지와 본문의 그림을 그려준 아들 무련, 글을 쓰도록 용기를 준 가족들, 책을 내주신 푸른사상사 한봉숙 대표님과 직원들에게 고마운 마음을 전한다. 늦게나마 삼촌의 영전에 이 책을 바치게 된 것을, 받은 사랑에 대한 작은 보답으로 여긴다.

2021년 새봄을 기다리며
최명숙

차례

당신이 있어 따뜻했던 날들

1
구운 감자

삶에 지쳐 허덕일 때,
가끔씩 건조실 앞 나무판자에 앉아 구운 감자 먹던 날을 떠올렸다.
웃으며 우리를 쳐다보던 삼촌도.
객지 생활 하면서 외로울 때도 그날을 그리워하며 힘을 냈다.
다시 재현될 수 없는 지난날이지만,
추억은 오늘을 살게 하는 힘이 되었다.
그 추억을 재생시키면 오늘이 더욱 소중해지니까.

막차를 타고

삼촌이 탄 버스는 오랫동안 오지 않았다. 밖에는 이미 어스름이 내리기 시작했고, 바람은 더욱 차가워졌다. 우리가 마을에서 조금 떨어진 큰길가 버스 정류장에 나와 있는 지도 한나절이 넘었다. 서울로 돈 벌러 간 삼촌은 언제나 막차를 타고 밤에 왔다. 그런데도 우리 삼남매는 낮부터 기다리곤 했다. 그날도 그랬다.

읍에서 들어오는 버스가 한 시간마다 왔다. 다른 사람들만 내릴 뿐이었다. 마침 설을 앞둔 대목장이었기 때문에, 버스마다 장꾼들로 가득 차 있었다. 그래도 우리가 기다리는 삼촌은 내리지 않았다. 막냇동생은 추위에 입술이 새파랗게 질렸고, 남동생은 하릴없이 자치기 막대기만 휘둘렀다. 내 목에 둘렀던 털실로 짠 목도리로, 막내의 머리와 목을 단단히 감싸주었다. 꽁꽁 언 푸르딩딩한 손을 어찌할 수 없어, 입김으로 호호 불어주었다. 손발이 얼고 허기가 어둠과 함께 밀려들 때, 막차가 우리 앞에 멈추어 섰다.

"삼촌이다. 누나! 삼촌 차에 있어."

동생의 외침과 함께 차 문이 열렸다. 삼촌이 내렸다. 큰 키에 구부정한 어깨, 거기에 멘 낡은 가방, 휘적거리는 걸음걸이, 우리 삼촌이다. 우리를 보자 삼촌은 흰 이를 환히 드러내며 웃었다. 그러고는 메고 있던 가방을 남동생에게 휙 던지고 막내를 덥석 안았다.

"추운데 뭐 하러 나왔어. 집에 있잖구."

한 손으로 막내를 안고 다른 한 손으로는 내 손을 잡고, 삼촌은 개선장군처럼 집으로 향했다. 가방을 받아 어깨에 멘 남동생은 벌써 저만큼 집으로 내닫고 있었다. 우리가 무슨 이야긴지 나누며 집이 보이는 곳까지 왔을 때, 할머니가 나와 계셨다.

삼촌이 돌아온 설 전날 저녁은 방이 평소보다 더 따뜻했다. 밥상도 푸짐했다. 콩나물이 듬성듬성 들어간 두부찌개가 노란 냄비에 담겨 화로 위에서 보글보글 끓고, 나물 몇 가지와

당신이 있어 따뜻했던 날들

부침개가 상 위에 올랐다. 허룩했던 방안이 삼촌이 앉으니 그 득해졌다. 우리들의 재잘거리는 소리로 집안 분위기는 더욱 따사로웠다. 화목하다는 어휘를 생각하면 지금도 그때가 떠오른다. 더 이상 무엇으로 설명할 수 없는 화목한 모습, 이상적인 모습이었다.

우리는 서로 삼촌 옆에 앉으려고 다투었다. 대체로 두 동생들이 삼촌의 좌우를 차지했다. 막내가 삼촌 무릎에 앉으면, 나도 모처럼 옆에 앉을 수 있었다.

"삼촌 힘드셔. 어서 내려와 앉아."

어머니는 막내에게 눈치를 주었다.

"그냥 두세요."

삼촌의 말에 막내는 의기양양해서 어머니 말을 더 듣지 않았다. 밥을 한 숟갈 떠먹을 때마다 삼촌은 우리들을 번갈아 쳐다보며 빙긋빙긋 미소를 지었다. 우리는 아무도 부럽지 않았다.

아버지의 남동생, 삼촌은 우리를 볼 때마다 웃음이 끊이지 않았다. 일찍 아버지를 여읜 우리에게 삼촌은 아버지였다. 학교 통지표에는 언제나 보호자란에 삼촌의 도장이 찍혔고, 우리 때문에 마흔 살이 다 되도록 결혼도 하지 못했다. 맞선을 수도 없이 봤다. 하지만 형 없는 형수와 조카 셋을 책임져야 한다니 선뜻 시집을 오겠다는 사람이 없었다. 더구나 땅 한 평 없는 가난한 집이었으니.

저녁상을 물린 후 삼촌의 가방에서 나온 것은 우리들의 빨간 내복이었다. 남동생의 것은 파란색이었다. 우리는 내의로 갈아입고 깔아놓은 이불 위에서 뒹굴었다. 그러다가 어느새 막내는 삼촌의 무릎에 앉았고, 남동생은 어깨와 팔에 매달렸다. 그래도 삼촌은 흐흐흐 웃기만 했다. 나는 삼촌이 들려주는 서울 이야기를 턱 받치고 앉아 들었다. 어머니는 우리의 성적에 대해 이야기했다. 그러다 밤이 깊어지면 동생들은 서로 삼촌과 자겠다고 실랑이를 하다 잠이 들었다. 윗방에서 삼촌의 팔베개를 하고 잠든 남동생을 부러워하며, 나는 안방 할머니 옆에서 잠이 들었다.

어려운 살림을 일으켜보려고 삼촌은 무던히 애를 썼다. 내가 기억하는 한 그렇다. 남의 땅을 소작하는 것만으로 우리 식구 식량이 부족했다. 그래서 가을걷이가 끝나면 삼촌은 서울로 올라가곤 했다. 설을 쇠러 집으로 내려왔다가 설 지나

당신이 있어 따뜻했던 날들

다시 서울로 올라갔다. 봄이 되면 내려와 농사를 지을 때가 있었고, 아예 그대로 집에 있다가 농사철이 되면 담배농사에 전념할 때도 있었다.

설 전날 집으로 온 삼촌이 개선장군처럼 서울 이야기를 하면, 나는 자꾸 눈물이 나올 것 같았다. 우리 때문에 장가를 못가는 것 같아 어린 소견에도 미안했다. 삼촌이 서울에서 어떤 일을 했는지 알 수 없다. 막노동이나 아는 사람이 하는 가게에서 일을 좀 하지 않았을까. 그 또한 신통치 않아서 어느 때는 겨우 입에 풀칠이나 하다가 설 전날에야 돈 몇 푼 구해 우리들의 설빔을 사 들고 내려왔을 것 같다. 그러니 자연 막차를 탈 수밖에. 삼촌에게 들었던 몇 가지 이야기를 조합하여 짐작해보면 그렇다. 온 식구의 입과 마음이 자신에게 매여 있다는 그 책임감이 삶을 얼마나 지난하게 했을까.

이십 대 후반부터 서른아홉 살까지 할머니와 어머니 그리고 어린 우리 삼남매를 오롯이 책임졌던 우리 삼촌. 자의든 타의든 아니 숙명이든, 그럴 수밖에 없었던 삼촌의 삶을 어떻게 해석해야 할까. 그저, 가슴이 먹먹해질 따름이다.

원조 조카바보

아들은 조카바보다. 딸이 낳은 아기를 무척 예뻐한다. 세상에 이렇게 사랑스런 아기가 있느냐며, 태어났을 때 눈물이 나올 정도로 감동적이었다고 한다. 우리 아들만 그런 게 아니다. 요즘 조카바보들이 많다. 이모, 고모, 삼촌, 외삼촌들이 대부분 조카바보가 되었다. 그 조카바보의 원조는 우리 삼촌이 아닐까 싶다.

삼촌은 맏이인 나에게 기대가 컸다. 남동생은 남자여서 믿음직스러워했고, 여동생은 유복자여서 가엾게 여겼다. 우리들은 삼촌에게 꾸중 들은 기억이 거의 없을 정도로 사랑을 받았다. 나에게는 항상 긍정적이었다. 단지, 조금 똘똘하다는 이유로. 삼촌은 나에게 뭐든지 다 해주고 싶어 했고, 조금만 특출한 것 같으면 자랑을 했다. 근동에서 나를 모르는 어른들이 없을 정도로 내 이야기를 했다. 그러니 마을 사람들에게는 어떠했으랴.

내가 초등학교에 입학하기 전 겨울이었다. 뒷집에 친척 언니가 살았다. 언니는 똑똑하고 활달했으며 공부를 잘했다. 그 언니가 공부하는 걸 보면서, 나는 학교 들어가기 전에 1학년 국어 교과서를 다 외웠다. 놀이할 것이 별로 없던 시절이었고, 문화적인 것은 더더욱 경험하기 힘든 시골이었기에, 놀이 삼아 외운 거였다.

삼촌이 그걸 알고 깜짝 놀랐나 보다. 너털웃음을 웃으며 내 머리를 몇 번이고 쓰다듬었다. 똑똑하다며. 그리고 동네사람들에게 자랑을 했다. 조카가 책 한 권을 다 외운다고. 농한기가 되면 어른들도 심심하기 짝이 없었다. 서로 마실 다니며 그 심심함을 달래곤 했으니까. 삼촌의 자랑 때문에 우리 집에 마실 온 어른들 앞에서 나는 외운 걸 시범 보여야 했다.

흐릿한 등잔불을 가운데 두고 빙 둘러앉은 호기심 가득한 어른들, 국어책을 들고 있는 옆집 아저씨, 보란 듯이 미소 띤 우리 삼촌, 불려와 앉은 나. 밖에는 칠흑 같은 어둠이 내리고, 가끔 바람이 잉잉대며 문풍지를 흔들었다. 겨울이 깊어가던 밤이었다.

"자, 시작해라."

옆집 아저씨가 책을 펼쳤다.

눈을 감은 채 나는 책을 외우기 시작했다. 한 장, 두 장, 세 장, 책장 넘기는 소리와 낭랑한 여덟 살짜리 나의 목소리, 심호흡하며 고개를 끄덕이는 어른들, 헛기침하는 우리 삼촌, 간혹 놀랍다는 듯 머리를 흔드는 할머니. 그럴수록 삼촌의 얼굴은 웃음을 띠었으리라. 안 봐도 뻔했다. 한 자도 빠뜨리거나 틀리지 않고 책 한 권을 다 외웠다.

"히야! 참 대단하다. 정말 한 자도 안 틀렸어."

옆집 아저씨가 마지막 책장을 덮으며 놀라워했다.

"거 봐요, 형님. 제 말이 틀림없죠?"

삼촌은 어깨를 으쓱했다.

책을 덮었던 아저씨가 무슨 생각이 들었는지 책을 다시 펼쳤다. 그리고 내 눈 앞에 내밀었다.

"이건 무슨 자니?"

아저씨가 글자를 짚었다.

나는 가만히 있다가 고개를 내저었다. 한 글자도 몰랐다. 방

당신이 있어 따뜻했던 날들

안에 있던 어른들이 박장대소했다. 어안이 벙벙해서 삼촌을 쳐다보았다.

"외우는 게 어디 쉬워요? 형님, 보셨잖아요. 한 자도 안 틀렸다면서요. 글자야, 학교 가서 배우면 되지요. 하하."

삼촌이 나를 번쩍 들어 무릎에 앉히고 내 머리를 쓰다듬었다. 무엇이 좋은지 계속 웃으며.

그날부터 마을 사람들은 나를 보면 불러 세웠다. 책을 외워보라고. 놀 만한 것이 별로 없던 시절이니까 놀이 삼아. 그러면 나는 또 앵무새처럼 책을 줄줄 외우곤 했다. 어른들은 어린 게 책을 외우니 신기했던 모양이다.

내가 공부에 자신감을 가졌던 것은 그때부터였던 것 같다. 입학할 때 이름조차 쓰지 못하는 상태였지만 주눅 들지 않았다. 삼촌 말대로, 배우면 된다고 생각했다. 배우기를 좋아하고 배우는 것을 겁내지 않게 된 것도 삼촌 덕분이다. 잘할 수 있다고, 잘한다고, 믿어준 덕분이다. 까다롭고 내성적이며 약간 신경질적인 아이였던 나를 삼촌은 지지하고 칭찬해주었다. 공부에 대한 자신감은 내 삶의 전반에 영향을 끼쳤다. 살면서 당면한 문제에도 그 자신감을 가지고 접근했고 헤쳐 나갔으니까.

말썽 안 부리고 크는 것과 책 한 권 외운 것밖에 없는데, 삼촌은 나에게 많은 기대를 걸었던 듯하다. 그것이 기대를 걸 만할 것인지 모르겠지만. 아마도 조카바보여서, 뭐를 하든 예쁘게 보여서, 그랬던 게 아닐까. 어린 우리들이 희망이 되기보다 거추장스러웠을 그 힘든 삶의 여정에, 우리 삼촌은 확실히 원조 조카바보였다.

그 말, 한마디

"손가락이 길어서 피아노 잘 칠 거 같아. 나중에 배우게 해줄게. 흐흣."

열 살쯤이었다. 화롯불에 언 손을 쬐어 녹이고 있을 때, 삼촌이 내 손을 만지며 말했다. 그 말 한마디에 나는 피아노를 배우고 싶은 마음이 생겼다. 본 적도 없는 피아노를. 오르간처럼 생긴 걸 책에서 사진으로 봤을 뿐인데. 삼촌이 웃은 건 막연한 바람이기 때문이었을 것 같다. 아무튼 그때부터 나는 피아노를 배우고 싶었다.

무엇이든 다 해주고자 했던 우리 삼촌. 산골에서, 그것도 입에 풀칠하기조차 힘든 살림에도. 나는 피아노를 당장 배울 수 있으리라 믿지 않았다. 친구에게 자랑 삼아 말한 적은 있다. 그날로부터 반세기를 넘어 산 지금까지도 그때의 삼촌 표정이 눈에 선하다. 웃음소리도 금세 들은 듯 선명하고.

삼촌의 그 말이 늘 마음속에 있었다. 언젠가 꼭 배우고 말겠다는 각오도 했다. 노래를 좋아하게 된 것도 그 때문인지 모른다. 중학교에 들어가 음악실에서 처음 피아노를 보자, 배우고 싶은 마음이 더 커졌다. 까만 본체에 하얀 건반, 그 위에서 마음껏 노닐던 음악 선생님의 손가락. 어느 때는 내 손가락이 겹쳐져 건반을 누르는 상상도 했다. 수업 끝난 후 몇몇 아이들은 피아노를 쳐보기도 했다. 지극히 내성적이었던 나는 미적대다 만지지도 못하고 말았다. 그 후 객지로 떠돌며 사느라 잊고 있었다.

그러다 서울에 올라와 고모 집에 얹혀살게 되었다. 고모의 시누이가 피아노를 배우러 다녔다. 나보다 한 살 어린 여고생이었다. 나와 다른 세상에 사는 사람 같았다. 고등학교에 진학을 못 하고 동생들 학비를 걱정하는 나로서는 꿈도 못 꿀 일이었다.

몇 달이 지나자 고모 집에 피아노가 들어왔다. 아무도 없을 때 뚜껑을 열고 건반을 눌러보았다. 바람처럼 맑고, 꽃처럼 고운 소리가, 마음을 설레게 했다.

당신이 있어 따뜻했던 날들

내가 피아노를 배우게 된 건 결혼 후 둘째인 딸을 낳고 6개월쯤 되었을 때다. 서울 근교 도시로 분가해 살면서 숱하게 목격한 게 피아노학원이었다. 피아노라는 단어만 보면 가슴이 두근댔다. 열망이 깊어지면 일을 저지르게 되는가 보다. 어느 날 딸애를 유모차에 태우고 동네를 거닐다가 불쑥 피아노학원으로 들어갔다. 원장이 미소를 띠고 맞이했다.

"피아노를 배우려고요."

망설이지 않고 대뜸 내뱉는 나에게 원장은 약간 의아해하고 놀라는 표정이었다.

"이 아기는 아직 어린데요. 누가 또 있나요?

"아뇨, 제가 배울 건데요."

그제야 원장이 환하게 웃었다. 그 시절만 해도 애 엄마가 피아노를 배우겠다며 학원 문을 두드리는 경우가 드물었다. 지금부터 40년쯤 전 1982년의 일이니까.

남편은 썩 달가워하지 않았다. 그도 그럴 것이, 두 돌도 안된 큰아이와 이제 6개월 된 갓난이를 두고 나가, 매일 한두 시간씩 피아노를 배운다는 건 무리한 일이었기 때문이다. 몇 시간을 조른 끝에 가까스로 남편의 허락을 받아냈다. 큰애를 남

편이 봐주고, 딸애는 데리고 다니는 조건으로.

허락이 떨어지자마자 학원으로 달려갔다. 아기를 학원 소파에 뉘고 연습실로 들어가 피아노 건반에 손을 얹었다. 딸애가 울면 선생님이 안고 레슨을 해줬다. 그렇게 삼 년 가까이 다니며 피아노를 배웠다. 배우는 것만큼 즐겁고 행복한 게 또 있을까.

처음에는 레슨비를 스스로 마련하려고 했다. 넉넉지 않은 살림이기도 했지만 미안한 마음이 들었기 때문이다. 레슨비 마련을 위해 근처 스웨터 공장에서 일감을 얻어 실밥을 땄다. 구슬 꿰기도 했다. 두 달이 지나자 남편이 레슨비를 내주었다. 부업

당신이 있어 따뜻했던 날들

하지 말고 살림과 애들이나 신경 쓰라며. 그때부터 학원에 갈 때마다 두 아이를 남편이 봐주었다. 남편이 운영하는 가게에서. 노력하는 내 모습에 감동한 듯했다.

체르니 100번을 배울 때쯤 교회 반주자 자리가 비었다. 목사님의 권유로 반주를 시작했다. 아주 어설픈 솜씨로. 처음 반주할 때 설레고 떨리던 마음을 기억한다. 책임을 맡으니 피아노 실력은 날로 나아졌다. 그렇게 하게 된 반주를 26년 동안 했다. 지금도 일주일에 서너 번 피아노 앞에 앉는다. 부르고 싶은 노래를 치며 부르고, 연주하고 싶은 곡을 자유롭게 친다. 피아노는 내 장난감이고 친구다.

손가락이 길면 피아노를 잘 친다는 게 맞는 말일까. 아니다. 손가락이 길면 게으르다는 말은 들어보았다. 긍정적인 삼촌의 그 말 한마디를 듣고 나는 꿈을 키웠다. 언젠가 꼭 피아노를 배우고 말겠다는 꿈을.

피아노를 치다 손가락을 쫙 펴고 내려다본다. 길긴 길다. 한 옥타브하고도 건반 한 개가 더 닿을 정도로.

가끔 속아주는 아량도

"우리 집에 갈래? 뒷산에 산딸기가 많아."

점심시간 때부터 짝꿍인 순이가 졸랐다. 새롭게 짝이 된 순이와 친해지고 있는 중이었다. 순이는 얌전하고 착하며 얼굴이 동글동글 귀여운 아이였다. 조금 망설였지만 하교하자 둘이 손을 잡고 순이네 집으로 갔다.

멀었다. 마을을 지나고 또 다른 마을을 지났다. 더위에 척척 늘어진 담뱃잎 위 대궁에 분홍색 담배꽃이 수줍게 피어나고 있었다. 자그마한 도랑을 펄쩍펄쩍 뛰어 건넜다. 고추잠자리가 머리 위에서 빙빙 맴을 돌았다. 조붓한 오솔길을 걸었고 재도 넘었다. 질긴 바랭이와 동방사니가 발에 밟혔다. 목이 말라 삘기를 뽑아 쪽쪽 빨아 먹었다. 순이는 쉰 싱아를 꺾어 씹다가 인상을 쓰며 힘껏 던졌다. 다랑이 논둑에는 넙적한 소

당신이 있어 따뜻했던 날들

루쟁이 잎사귀가 무성했고 논에는 희끄무레하게 벼꽃이 피고 있었다.

"조금만 가면 돼. 우리 뒷산에서 산딸기 따먹자."

순이가 지루한 빛이 역력한 내 눈치를 살폈다. 고개를 끄덕였다. 이마에 땀이 흐르고 한낮 더위로 옷이 몸에 척척 들러붙었다.

작은 초가집이 저만치 보였다. 순이가 손으로 가리켰다.

"저기야. 이제 다 왔어."

"응."

외딴집이었다. 아랫마을에서도 한참 떨어졌다. 싸리나무 가지를 엮어 만든 사립문이 낡아, 군데군데 나뭇가지가 삭아 부러졌다. 손을 대면 그대로 부서져 내릴 것 같았다. 황토 바른 봉당은 깨끗했다. 고양이 한 마리가 봉당에 배를 쭉 깔고 누워 있다 우리를 보고 몸을 일으켰다. 내가 쳐다보자 슬금슬금 사라져버렸다.

순이가 책보를 봉당에 던져놓았다. 그리고 내게 손짓했다. 따라 뒤란으로 갔다. 샘이 있었다. 앉아서 물을 풀 수 있는 샘이었다. 순이가 옆에 있는 바가지로 샘물을 떠서 건넸다. 시원했다. 샘물 안에는 작은 항아리가 물에 잠겨 있었다. 참외도 두 개.

"이건 김치야. 여기 넣어두면 시지 않아."

순이도 물을 떠서 마시고 생긋 웃었다. 참외를 한 개 건져 반 쪼개서 주었다. 달콤하고 시원했다. 땀이 다 식는 것 같았다. 오는 길이 지루해 약간 불퉁했던 마음이 사라져 상쾌했다.

참외를 먹고 봉당 옆 작은 마루에 엎드려 숙제를 했다. 바람이 살랑살랑 불었고, 뒷산에서 비둘기 소리가 바람을 타고 내려왔다. 마당에는 닭 몇 마리가 유유히 걸어 다녔다. 숙제를 마친 우리는 마당에서 고무줄놀이를 했고 공기놀이도 했다. 사립문 한쪽에 고무줄을 매놓고 술래가 된 사람은 그 고무줄을 잡았다. 순이는 잘했다. 여간해서 고무줄을 밟지 않았다. 나는 조금 하다 밟아 술래를 오래 했다.

"산딸기 따러 갈까?"

"응."

순이는 산에 잘 올랐다. 산딸기는 보이지 않았다. 딸기나무를 발견해도 가보면 딸기가 하나도 없었다. 풀섶을 헤치고 찾

당신이 있어 따뜻했던 날들

았지만 없었다. 우리는 딸기 구경도 못 하고 산에서 내려왔다. 해는 벌써 서쪽으로 넘어가고 있었다.

책보를 꽁꽁 잘 싸서 허리에 묶었다. 순이가 아랫마을까지 배웅해주었다. 타박타박 걸었다. 마을을 지나고 도랑을 건넜다. 밖은 이미 어둑해지고 있었다. 무서웠다. 빨리 집으로 가려고 지름길을 택했다. 어디 갔다 왔느냐며 어머니에게 꾸중 들을 것 같았다. 그것도 두려웠다.

뛰었다. 땀이 줄줄 흘렀다. 집이 가까워질수록 가슴은 쫄밋거렸다. 혼날 게 뻔했기 때문이다. 담배밭을 지나고 개울을 건넜다. 담배꽃도, 개울둑에 지천으로 피는 메꽃도, 아무것도 못 보았다. 하얗게 들판을 뒤덮은 토끼풀꽃도. 밖은 어두웠다. 풀벌레 소리가 찌르르 지이잉 징, 온 천지에 가득했다.

우리 집 사립문 뒤에 숨어 동정을 살폈다. 마당에 놓은 모깃불에서 연기가 하얗게 피어오르고, 동생들은 마당에 깐 멍석 위에서 부채질을 하고 있었다. 부엌에서는 달강 달그락 그릇 부딪치는 소리가 들리고, 남폿불은 봉당 기둥에 걸려 환한 빛을 뿌렸다.

"이 녀석! 어디 갔다 이제 온 거야? 왔으면 들어오지, 왜 기웃거려!"

내 뒤에서 호통 소리가 들렸다. 삼촌이다. 삼촌이 내 손을 잡고 집 안으로 들어섰다. 부엌에서 어머니가 나오고 나를 찾으러 나갔던 할머니도 들어오셨다. 어머니는 나를 보자마자 회초리를 꺼내러 방으로 들어가셨다.

"형수님, 그냥 둬봐요. 왜 늦었는지 이야기나 들어보게요."

온 식구들이 나를 두고 빙 둘러 섰다.

"어디 갔다 왔니? 말도 없이."

삼촌이 내 눈을 가만히 들여다보며 물었다.

"……."

"너 때문에 할머니랑 삼촌이 천지사방 찾으러 다니셨어. 생전 안 하던 짓을. 어디 갔다 왔어!"

어머니의 목소리에 화가 잔뜩 실려 있었다.

집으로 오면서 무슨 핑계를 댈까 궁리를 했었다. 친구 집에 놀러 갔다가 늦었다고 하면 꾸중 들을 게 뻔했다. 이런저런 궁리를 해봤지만 뾰족한 수가 없었다.

"어서 말 안 해!"

"학교에서 오다가 호랑이를 만나서…… 그래서……."

당신이 있어 따뜻했던 날들

서슬 퍼런 어머니의 호통에 내 입에서 기상천외한 말이 튀어나왔다. 나도 생각지 못했던 말이다. 꿈에도, 진정 꿈에도.

어른들은 한동안 말이 없었다. 동생들만 호기심 가득한 눈으로 나를 보고 있었다.

"그래? 그래서 어떻게 온 거야?"

침묵을 깨뜨리고 삼촌이 물었다.

"호랑이에게 흙을 집어서 던지고 도망 다니다가, 내가 어흥, 하며 덤비니까 호랑이가 가버렸어. 엉 엉 엉……."

그렇게 말하고 나는 멍석에 앉아 울기 시작했다. 눈물이 어디서 그렇게 나오는 걸까. 땀과 눈물이 뒤범벅되어 끝없이 흘러내렸다. 안전하게 집에 왔다는 후련함과 혼나지 않고 넘어갈 것 같다는 안도감 섞인 울음인 것 같았다. 할머니는 다시는 늦게 다니지 말라고 하셨고, 어머니는 또 그랬다간 혼내줄 거라고 으박질렀다. 삼촌만 빙그레 웃었다.

"밥 먹자. 에미야, 밥상 내오자."

할머니와 어머니는 부엌으로 향하고, 삼촌이 나를 보고 또 빙긋 웃었다.

그날부터 나는 한동안 삼촌에게 놀림을 받았다. 호랑이가 어떻게 생겼더냐, 진짜 흙을 던지니 가더냐, 대단하다, 호랑이도 물리치다니 등등. 우리 삼촌은 놀리기 대장이었다. 그런데 이상한 것은, 꼭 우리 둘이 있을 때만 놀렸다. 다른 가족들이 있을 때는 입도 뻥긋하지 않았고.

어른이 되었을 때, 아이들의 뻔한 거짓말을 들으면 그때 생각이 났다. 가끔 그때의 삼촌처럼 슬쩍슬쩍 모른 체 넘어가주기도 했다. 정직하지 않은 것을 아주 싫어하면서도. 아이들은 생각이 치밀하지 못하기 때문에, 거짓말을 해도 들킬 수밖에 없다. 그 거짓말이 악의적인 것이 아니고 봐줄 만한 것이라면, 가끔 속아주는 아량이 어른에게 있어야 한다고 생각했기 때문이다. 삼촌처럼.

삼촌이 나를 놀린 것은 재밌어서 그러지 않았을까. 아니, 거짓말해선 안 된다는 것을 스스로 깨닫게 하려고 그랬을지도 모르겠다.

당신이 있어 따뜻했던 날들

구운 감자

밥이 없다. 새로 지으려니 귀찮다. 감자 두 개를 꺼내 구웠다. 20여 분 지나자 감자 익는 맛있는 냄새가 집 안에 퍼진다. 고소하면서도 달큰한 감자 익는 냄새. 그 냄새를 맡으면 어느새 나는 열한두 살 소녀가 된다.

우리 집 뒤란 앵두나무 옆에 담배 건조실이 있었다. 나무로 뼈대를 세운 후 흙을 개서 찍고 말린 흙벽돌을 쌓아 지었다. 그 높이가 보통 지붕보다 훨씬 높아 어느 집이나 건조실이 우뚝 솟아 있었다. 겉에는 짚을 듬성듬성 썰어 넣은 흙을 이겨 발랐는데, 해가 비치면 반짝반짝 빛났다. 그 한쪽에 슬며시 기대놓은 긴 나무 사다리, 장작이나 석탄을 때던 건조실 아궁이. 여름이면 건조실 안에 잎담배를 엮어 달았고, 아궁이에서는 물에 갠 석탄이 벌겋게 달아올라 푸른 불꽃을 피워내곤 했다. 처음에는 장작을 땠는데, 너도 나도 나무를 땔감으로 쓰던 시절이라 장작 구하기가 어려워 서서히 석탄을 사용하게 되었다.

잎담배를 엮어 달고 난 며칠 동안은 잠을 제대로 못 자고 불을 때야 했다. 삼촌은 건조실 아궁이 앞에 놓인 나무판자 위에서 쪽잠을 잤다. 군데군데 모기에게 물려 벌겋게 부푼 자국은 가뜩이나 검게 그을린 피부를 더 검붉게 만들었다. 삼촌의 이가 유난히 희게 기억되는 건 아무래도 그 때문인 듯하다.

모기장이 흔하지 않던 시절이라 장날마다 어머니는 삼촌이 쓸 모기장을 할머니께 부탁하곤 했다. 할머니는 한여름이 다 끝날 무렵에야 모기장을 하나 샀다. 삼촌은 그 모기장을 자주 우리들이 자는 방에 쳐주었고, 그것을 만류하는 어머니와 실랑이를 벌였다. 삼촌 다리와 팔뚝의 모기 물린 자국을 보면 속상하고 안타까웠다.

사다리를 타고 오르락내리락하며 마르고 있는 잎담배의 상태를 살피던 삼촌은 어느 시기가 되면 불 조정을 했다. 그리고 불꽃이 사위어갈 즈음 남은 열기를 이용하여 감자를 구워

당신이 있어 따뜻했던 날들

주었다. 밭에서 막 캔 감자를 한 바가지 가지고 가면, 아직은 불이 너무 뜨거워 안 된다고 할 때가 있었고, 선뜻 받아 아궁이에 휙 던지며 한참만 놀다 오라고 할 때도 있었다. 어느 때는 우리가 학교에서 돌아오면 불러서 알맞게 구운 감자를 내주기도 했다.

삼촌이 아궁이에 감자를 던져 넣으면, 우리는 아궁이 앞 나무판자에 앉아 기다렸다. 기다리기 지루했던 남동생은 막내를 지근대며 살짝 찌르거나 간질였다. 그러다, 아빠하고 나하고 ♫ 만든 꽃밭에 채송화도 봉숭아도♫…… 동요를 부르기도 했다. 우리 삼남매가 부르는 노래는 울타리를 넘어 뒷산까지 멀리 퍼져나갔다. 삼촌은 허연 이를 드러내고 웃으며 아궁이 속 감자가 고루 익도록 뒤적였다.

삼촌 이마에 흐르던 방울진 땀방울, 덥수룩하고 정갈하지 않은 머리, 툭툭 불거진 팔뚝과 종아리의 힘줄, 떡 벌어진 어깨와 큰 키, 땀에 전 누렇고 낡은 러닝셔츠, 둥둥 걷어 올린 바지 아래 털이 숭숭 난 다리, 검정 고무신, 건조실 앞 장독대 옆에 핀 소담한 달리아, 건듯 부는 바람, 시원스레 들리는 매미 소리, 감자 익어가는 냄새와 함께 시간이 흐르고.

우리와 이야기를 주고받으며 웃던 삼촌이 불을 땔 때 쓰던 쇠꼬챙이를 들고 일어섰다. 우리는 침을 꼴깍 삼켰다. 거의 사위어가는 재를 헤집으며 감자를 꺼내는 삼촌. 겉이 조금 검게 탔지만 속은 맛있게 구워진 감자가 바가지에 담겨 우리 앞에 놓였다. 삼촌은 껍질을 벗겨 막내에게 먼저 주고, 다음은 성질 급한 남동생에게 주었다. 나는 스스로 벗겨 먹었고 삼촌도 하나 먹었다. 넷이 조붓한 나무판자에 앉아 시원스레 울어대는 매미 소리를 들으며, 그렇게 구운 감자를 먹었다. 달콤하고 고소한 감자를 먹고 났을 때, 우리 입가에는 시커먼 검댕이 여기저기 묻어 있었다.

삶에 지쳐 허덕일 때, 가끔씩 건조실 앞 나무판자에 앉아 구운 감자 먹던 날을 떠올렸다. 웃으며 우리를 쳐다보던 삼촌도. 객지 생활 하면서 외로울 때도 그날을 그리워하며 힘을 냈다. 다시 재현될 수 없는 지난날이지만 추억은 오늘을 살게 하는 힘이 되었다. 그 추억을 재생시키면 오늘이 더욱 소중해지니까. 또 그것을 함께했던 사람들이 그리워지는 것 역시, 분명히 아름다우니까.

당신이 있어 따뜻했던 날들

다 익은 감자 껍질을 벗긴다. 고소한 냄새는 그때나 이때나 비슷하다. 한 입 베어 문다. 코가 시큰거리고 목이 멘다. 이제 다시 올 수 없는 날들. 그렇게 짧은 시간이 되리라고, 순간에 지나가 버리는 것이라고, 그때는 짐작이나 했을까.

연필 세 자루

"연필 꺼내봐."

저녁 밥상을 물리고 나면, 삼촌은 쓰레기통처럼 쓰는 깡통을 앞에 끌어당겨 놓았다. 그리고 작은 칼을 다락에서 꺼냈다. 내 연필을 깎기 위해서. 초등학교에 입학하면서부터였던 것 같다. 나는 너무도 자연스럽게, 끝이 뭉툭해진 연필 세 자루를 꺼내놓았다. 그리고 흐릿한 등잔불 아래서 못다한 숙제를 하거나 책을 읽었다.

사각 사각 사각 연필 깎는 소리가 방 안에 가득 찼다. 할머니는 화롯가에서 담배를 피웠다. 가끔 문을 열어 연기를 빼내면서. 어머니는 바느질이나 뜨개질을 하고 동생들은 일찍 잠이 들었다. 마실꾼들이 오지 않는 날이면 우리 식구끼리 그렇게 별 말 없이 저녁 시간을 보내다 잠자리에 들곤 했다. 동

당신이 있어 따뜻했던 날들

생들이 잠들면 우리 집은 항상 조용하다 못해 고요했다. 어릴 적 나는 말이 별로 없는 아이였다.

삼촌은 정성껏 연필을 깎았다. 어느 때는 그 모습이 너무도 경건해 무슨 의식을 행하는 것처럼 보였다. 언젠가 뒷집 굿할 때 보았던 제물을 준비하는 무녀처럼. 향나무로 된 연필은 깎을 때마다 향긋한 냄새가 났다. 참나무로 된 연필은 속에 든 흑심이 적당하게 나오도록 깎기가 어려웠다. 그런데 삼촌은 연필 흑심이 적당하게 나오도록 깎았고, 끝의 굵기도 맞춤 맞았다. 항상 일정한 모습이었다. 세 개의 연필을 다 깎고 나면, 함석으로 된 소리 요란한 필통에 가지런히 넣어주었다. 한쪽에 지우개까지. 연필은 항상 세 자루였다. 긴 것, 중간 것, 짧은 것. 그러다 세 개가 비슷한 길이일 때도 있었지만. 거의 그랬다. 짧아서 손에 쥘 수 없는 몽당연필이 되면, 삼촌은 연필 깍지에 끼워 주었다.

그렇게 정성들여 가지런히 깎아 넣어준 연필로 나는 반듯반듯하게 글씨를 썼다. 내 글씨를 본 삼촌은 빙긋 웃었다. 글씨를 크고 반듯하게 써야 한다며. 나는 여간해서 연필을 잘 부러뜨리지 않아 세 자루면 충분하게 공부할 수 있었다. 가끔

짝꿍이 연필을 빌려달라고 하면, 부러뜨리면 안 돼, 하고 빌려주었다. 삼촌이 정성껏 깎아준 연필이기도 했지만 물자가 귀한 시절이었기 때문이다.

한번은 나무 대신 종이로 된 연필을 산 적이 있었다. 깎을 필요가 없는 거였다. 그것이 새로워 호기심에 샀는데 질이 좋지 않았다. 칼로 깎지 않고 종이를 풀거나 뜯어내면 연필심이 나오는 것이었다. 삼촌이 다음에는 나무로 된 걸 사라고 했다. 종이로 된 그 연필을 제대로 쓰지 못했다. 연필심이 쉬 부

당신이 있어 따뜻했던 날들

러졌고, 동생들이 자꾸 종이를 풀고 뜯었다.

세월이 흐르면서 삼촌이 깎는 연필이 많아졌다. 동생들이 학교에 들어갔기 때문이다. 그래도 삼촌은 여전히 어두침침한 윗목에 앉아 저녁마다 연필을 깎았다. 우리 셋의 연필을 깎아 필통에 넣어주며, 너희들이 깎으면 절대 안 된다고 당부했다.

"왜?"

동생들은 알면서도 물었다.

"니들이 깎다가 다치면 큰일 나. 삼촌이 깎아줄 테니, 칼에 손대지 마."

항상 똑같은 말이었다.

"응."

대답을 그렇게 했지만 남동생은 자꾸 낫으로 또는 칼로 연필을 깎으려고 했다. 그러다 손가락을 다친 적도 있었다. 남자아이다 보니 가끔 그 세 자루 가지고 부족한 날도 있었다. 장난치다가 부러뜨리고 꾹꾹 눌러 쓰다 부러뜨렸기 때문이다. 그러면 삼촌 몰래 연필을 깎으려고 했다. 그걸 알고부터 삼촌이 연필을 여벌로 더 넣어주었다. 그래서 남동생은 늘 연필을 많이 가지고 다녔다.

　삼촌이 집에 있을 때는 언제나 우리들의 연필을 깎아주었다. 하루 종일 일하느라 피곤할 텐데. 그게 조카들의 공부를 도와주는 유일한 방법이라고 생각했을까. 그런 식으로 사랑을 표현한 것일까. 그때의 사람들은 사랑 표현을 잘 안했던 것 같다. 예뻐도 빙긋 웃으며 머리 쓰다듬어주는 게 다였고. 그래서 삼촌과 특별히 나눈 이야기가 많지 않다. 툭툭 한마디씩 던졌던 말은 있지만.

　내가 연필을 스스로 깎아 쓰게 된 것은 5학년쯤부터였다. 농사가 끝나면 삼촌이 객지로 나가는 바람에 동생들 연필도 내가 거의 깎아주었다. 그때 나도 삼촌이 했던 말을 동생들에게 그대로 했다. 맘대로 연필 깎지 마, 손 다쳐, 라고. 연필깎이가 흔하지 않던 시절이었다. 전교생 중에도 그것을 갖고 있는 아이들이 없을 정도로.

　삼촌은 가지런하게 깎은 연필을 필통에 넣어주면서, 우리들이 연필처럼 반듯하고 가지런하게 자라기를 바라지 않았을까.

　　　　　　　　　　당신이 있어 따뜻했던 날들

삼촌, 또 노름하러 가?

삼촌은 슈퍼맨이나 다름없었다. 뭐든지 잘 했으니까. 심지어 노름도 잘했다. 객지로 돈벌이를 하러 가지 않은 겨울이면 삼촌은 노름을 하러 다녔다. 건넛마을 어느 집 사랑방에 노름판이 벌어졌다는 소식이 들리면 삼촌은 싱숭생 숭 마음을 잡지 못했다. 어머니와 할머니는 그런 삼촌 때문에 속앓이를 했다. 집에서 큰 소리가 날 때도 있었다. 돈을 좀 마 련해 오라거니, 그 못된 버릇 이젠 마라거니, 삼촌과 할머니 는 옥신각신했다. 그러다 개다리소반이 작은 마당으로 날아 가 부서지기도 했다. 그러면 할머니는 머리를 허리끈으로 질 끈 묶고 자리에 누웠다. 어머니는 바느질로 불편한 마음을 달 랬다. 그런데도 삼촌은 우리만 보면 씩 웃곤 했다.

그날도 할머니와 삼촌이 대판 싸웠다. 다 먹은 밥상이 마당으로 내던져졌다. 몇 개 되지 않는 그릇이 깨지고 상다리도 부러졌다. 삼촌은 윗방에 올라가 벌렁 누워버렸다. 어머니는 마당에 널브러진 것을 치우고 밖으로 나갔다. 다시 들어와 윗방으로 올라갔다 내려왔다. 잠시 후 삼촌은 하나밖에 없는 낡은 검은색 코트를 꺼내 입었다. 나가려고 방문을 여는 삼촌에게 일곱 살짜리 막내가 물었다.

"삼촌, 또 노름하러 가?"

"그래, 인마! 노름하러 간다. 하하하하."

삼촌이 어이없다는 듯 호탕하게 웃었다. 우리도 다 같이 웃었다. 어둡던 집안 분위기가 그 말 한마디에 다 사라졌다. 어머니는 웃음을 참느라 고개를 숙이고 쿡쿡 웃었다. 머리를 허리띠로 질끈 묶고 안방 아랫목에 누웠던 할머니도 피식 웃었다. 그리고 일어나 앉아 삼촌에게 말했다.

"그것만 갖고 놀다 없어지면 바로 와라. 영 못된 게 노름이여."

"알았어요. 진지 잡수셔요."

굳었던 삼촌의 얼굴도 말과 함께 흐물흐물 누그러졌다. 할머니는 삼촌의 노름 버릇을 고치려 곡기까지 끊었지만 소용

당신이 있어 따뜻했던 날들

이 없었다. 어머니가 상을 차리러 부엌으로 가고, 삼촌도 집을 나섰다.

사립문을 열고 나가는데 눈발이 흩날렸다. 코트 깃을 세우고 어깨를 움츠린 삼촌이 성큼성큼 걷기 시작했다. 나도 따라 걸었다. 삼촌이 뒤를 돌아보았다. 들어가라고 손짓을 했다. 고개를 끄덕이고 여전히 따라 걸어갔다. 덥수룩한 삼촌의 검은 머리가 바람에 날렸다. 키가 크고 늘씬한 삼촌의 걸음걸이를 어린 내가 따라가기 힘들었다. 옆집 개가 짖었다. 뒷집 할아버지가 어디 가느냐고 물었다. 삼촌은 건성으로 대답하고 발걸음을 재촉했다.

개울 앞 징검다리를 건너기 전에 삼촌이 뒤를 돌아보았다. 한참 뒤에 따라오는 나를 발견하고 서 있었다. 가까이 갈 때까지 그대로. 내가 다가가자 삼촌이 내 머리를 쓰다듬었다.

"걱정 말고 집에 가. 추운데 왜 따라와. 감기 들라."

나는 아무 말도 하지 못했다. 고개를 숙이고 가만있었다. 약간 머뭇대던 삼촌이 돌아서서 징검다리를 건넜다. 눈발이 거세졌다. 삼촌이 미끄러질까 봐 걱정되었다. 거의 다 건너가서 다시 나를 돌아보며 손짓했다. 집으로 가라고. 고개를 끄덕이고 나는 그대로 서 있었다. 삼촌의 뒷모습이 산모롱이 저쪽으로 사라져 보이지 않을 때까지.

개울에 살금살금 들어가 발을 디뎠다. 가장자리에 언 얼음을 밟아 깼다. 경쾌하면서도 날카로운 소리가 났다. 꾹 꾹 밟아 깨느라 눈발이 거센 것도 잊었다. 집으로 돌아왔을 때 나는 눈사람이 되어 있었다. 어머니가 꾸중했다. 왜 눈을 맞고 다니느냐고. 할머니는 천천히 물에 만 밥을 떠서 넘겼다. 억지로 넘기는 목에서 꿀꺽 소리가 났다.

확인하고 싶었던 것 같다. 삼촌이 정말 노름하러 가는지, 아니면 무언으로 삼촌을 제재하고 싶었던 건지. 아니 모르겠다. 징검다리를 건너가기 전 머뭇거렸던 삼촌의 모습이 슬퍼 보였던 건 왜일까. 열한 살짜리 어린 조카에게 적나라하게 들킨 마음이 부끄러워서였나. 가지 말라고 나는 왜 잡지 못했을까. 지금도 개울 앞의 그 정경이 또렷하게 떠오른다. 나에게 민낯을 드러낸 삼촌은 어떤 심정으로 노름을 했을까. 너무 가슴이 아프다. 따라가지 말 것을. 그만한 것쯤은 눈감아줄 것을. 어렸다. 나는 그렇게 생각할 만큼 성숙하지 못했다.

삼촌의 현실이 얼마나 답답했으면, 그렇게 부질없는 일확천

금의 꿈을 꾸었을까. 나는 삼촌이 재미에 빠져 노름을 했다고 생각하지 않는다. 형님 없는 집안의 가장으로 형수와 이런 세 조카들 그리고 어머니를 얼른 편하게 살도록 하고 싶었던 욕망 때문이었으리라. 그 마음이 지나쳐서 너무도 지나쳐서 그랬던 것 같다.

어느 한 사람의 인생에 관심을 갖는다는 건 의미 있는 일이다. 그 바탕에 사랑이, 그리움이, 없다면 되지 않는 일이기 때문이다. 사람의 삶에서 사랑과 그리움처럼 아름다운 게 또 있을까. 사랑과 그리움은 같은 맥락에서 발현되는 것이므로 굳이 나눌 필요도 없을 테지만. 아무튼 삼촌, 그 한 사람의 인생에 관심을 드리우게 되기까지 오랜 시간이 걸렸다. 어렸을 때는 미성숙해서 그랬고 성인이 되어서는 삼촌의 부재를 의식하고 싶지 않아서 그랬다. 따지고 보면 모두 성숙하지 못한 태도였다. 궁색한 변명이라도 한다면 너무 삼촌이 그립고 아파서 애써 외면했다고 할까.

지금까지 살면서 무의식중에도 경계한 게 있었다. 정당하지 않은 것들이다. 어느 것이든 정당하지 않은 것은 아무리 좋은 것이어도 탐하지 않으려 노력했다. 삼촌도 그걸 알았을 것 같다. 그래서 슬픈 얼굴로 날 본 것이리라. 삼촌의 그 얼굴이 내게 준 교훈이었다. 떳떳하지 않은 건 하지 말라는.

다음 날 아침에 삼촌은 갖고 간 걸 다 잃고 돌아왔다. 손에는 볏짚으로 묶은 메밀묵이 두 모 들려 있었다. 어머니는 배추김치 송송 썰어 넣고 메밀묵을 무쳐 아침 밥상에 놓았다. 어른들은 모두 말이 없었다. 먹지도 않았다. 나는 눈치를 살폈다. 동생들만 와구와구 맛있게 메밀묵무침을 먹었다.

마당에 쌓인 눈 위로 커다란 삼촌의 발자국이 선명하게 나 있었다.

당신이 있어 따뜻했던 날들

뱀, 먹을 수 있어?

땅꾼이 동냥을 왔다. 그가 둘러멘 자루에서 뱀들이 꿈틀거렸다. 나는 진저리를 쳤다. 보리타작을 했지만 나락이 아직 마르지 않아 방아를 찧지 못했던 여름이었다. 멍석에 펴 넌 보리나락이 여름 뙤약볕에 마르고 있었다. 삼촌은 뒤란 담배 건조실 아궁이에 불을 때고 있었고, 우리는 건넌방에서 방학숙제를 할 때였다. 상이군인으로 보이는 땅꾼의 한 팔 끝에 갈고리가 달려 있었다. 밀짚모자를 눌러 쓴 그는 험악해 보였다.

"밥을 다오. 밥 줘!"

그가 갈고리를 흔들며 외쳤다. 숙제를 하던 우리는 벌떡 일어났다. 우리도 점심을 겨우 감자로 때운 처지였다. 밥이 있을 리 없다. 할머니와 어머니는 밭에 가고 없었다.

"어른들 안 계신데요."

기어들어가는 목소리로 겨우 대꾸했다.

"밥 가져와. 어서! 밥 없으면 광에서 곡식을 내와!"

너무도 당당하게 외치는 그가 무서웠다. 더구나 메고 있는 자루에서 뱀들이 꿈틀거리니 기절할 지경이었다.

"없어요. 우리 광에 쌀 없어요."

여동생은 내 등 뒤로 숨었고 내 목소리는 간신히 흘러나왔다. 질려서 오줌이 나올 것 같았다. 열 살 갓 넘긴 우리에게 땅꾼은 무척 위협적이었다. 남동생을 쿡 찔렀다. 남동생이 눈치를 채고 일어나 뒤란으로 갔다. 곧 삼촌이 동생 손을 잡고 나타났다. 휴, 그제야 안심이 되었다. 혹시 삼촌이 땅꾼과 싸움을 할까 봐 걱정이 되었다. 안 그래도 싸움대장인 우리 삼촌인데.

"무슨 일이오?"

삼촌의 물음에 그가 머뭇거렸다.

"무슨 일이냐구! 왜 남의 집에 와서 행패냔 말이오."

"행패는 무슨. 밥 한 술 얻어먹으려고 그러오."

그가 눈을 치뜨며 말했다.

"밥 없소. 애들에게 왜 겁을 주고 그래요. 어서 가요."

겁에 질린 우리를 본 삼촌은 못마땅한 듯했다. 삼촌이 담배를 하나 꺼내 물고 성냥을 켜 불을 붙였다. 하얀 연기를 후 불어 내놓았다. 땀으로 번들거리는 얼굴과 목덜미가 볕에 검게 그을려 강해 보였다. 그가 노려보았다. 삼촌은 아무 말 없이 담배연기만 내뿜었다. 한여름 땡볕이 마당 가운데로 쏟아졌다. 옆집 감나무에서 매미가 요란스레 울어댔다.

"뭐라도 먹을 걸 내놔! 안 그러면 뱀을 마당에 다 풀어놓을 테니."

땅꾼이 엄포를 놓았다. 뱀이 든 자루 주둥이에 갈고리 단 팔을 갖다 대며 오기를 부렸다. 동생들의 눈이 화등잔만 하게 커졌다. 정말로 뱀을 풀어놓을까 봐 겁이 났다. 마당에 널어놓은 보리나락 위로 뱀들이 기어 다닐 걸 생각하니 소름이 끼쳤다.

"하하하핫. 이 양반이 지금 뭔 소릴 하는 거야! 풀어놔 봐. 내가 다 주워 먹을 테니. 어서 풀어놔 보라구. 되지 못하게 어디서 행패야! 썩 꺼지지 못해!"

피우던 담배를 마당에 홱 던진 삼촌이 소리쳤다. 집이 떠나가도록 큰 소리로 벽력같이 질러댔다. 목에 건 수건을 벗어 휘두르며.

삼촌의 기에 눌린 듯 그가 슬금슬금 뒷걸음질쳤다. 그러더니 돌아서서 사립문을 지나 상희네 바깥마당으로 나갔다. 그러다 한번 슬쩍 뒤를 돌아다보더니 빠른 걸음으로 가버렸다. 삼촌은 아무 일 없었다는 듯 일어나 뒤란 담배 건조실로 갔다. 우리에게 숙제하라는 말을 남기고.

저녁 먹을 때 남동생이 삼촌에게 물었다.

"삼촌, 정말 뱀 먹을 수 있어?"

삼촌은 대답하지 않고 웃기만 했다. 할머니와 어머니는 무슨 말이냐는 듯 우리를 번갈아 쳐다보았다. 낮에 있었던 이야기를 남동생이 했다. 할머니는 감자 찐 거라도 몇 개 주지 그랬냐며 웃었다. 그때 이미 감자를 다 먹어 없었다는 걸 모르고.

우리는 삼촌만 있으면 겁날 게 없었다. 무슨 일이든 다 처리했으니까. 당시에 가장 무서운 땅꾼도 찍소리 못 하게 했으니까.

새끼돼지

삼촌이 몇 달 만에 집으로 돌아왔다. 사과상자를 품에 안고. 그 안에는 몸통에 흰 띠가 둘러진 돼지 세 마리가 있었다. 새끼돼지였다. 동생들과 나는 삼촌이 돌아온 것도 기뻤지만 새끼돼지가 신기하기만 했다. 눈치 빠른 나는 걱정이 되기도 했다. 돼지를 어떻게 먹여 기를 것인지. 먹성이 유난히 좋은 돼지가 아닌가. 할머니가 팔자고 할 게 분명했다. 철없는 동생들의 입만 함지박만 하게 벌어졌다. 삼촌은 가을걷이가 끝나자 객지로 나갔었다. 천안 근처에 있는 돼지 목장에서 돼지 치는 일을 하다 봄 농사철이 되자 돌아온 것이다. 새끼돼지는 거기서 얻어 온 거였다.

우리 집에서는 닭과 토끼를 길렀다. 닭은 달걀을 얻는 수단이 되었고, 여름날 한 번씩 보양식으로 밥상에 오르곤 했다.

토끼는 눈 펄펄 내리는 겨울이나 춘궁기인 봄에 역시 단백질 공급원이 되었다. 우리들 얼굴에 버짐이 허옇게 피면 할머니는 닭이나 토끼를 잡았다. 그러나 시골에 흔히 있는 강아지를 우리는 기르지 않았다. 동생들이 강아지 키우자고 조르면 할머니는 조용히 말씀하셨다. 사람도 제대로 못 먹고 사는데 어떻게 개를 먹이겠느냐고. 그런데 돼지가 우리 집으로 들어왔으니. 나는 할머니와 삼촌이 싸울 것 같아 걱정되었다.

집으로 오자마자 삼촌은 이 집 저 집 헛간에 방치돼 있는 나무토막들을 얻어 들였다. 뒷산에 올라가 잡목을 잘라 오기도 했다. 그리고 뒤란 건조실 옆 퇴비가 있던 자리를 치우고, 돼지우리를 짓기 시작했다. 그 바람에 골담초도 건조실 옆으로 옮겨 심었다. 우리는 학교만 갔다 오면 뒤란으로 갔다. 얼마나 지었는지 궁금했기 때문이다. 삼촌은 수건으로 머리를 질끈 동여매고 망치질과 톱질을 했다. 우리의 호기심 어린 동그란 눈과 마주치면 빙긋 웃었다. 가끔 물심부름을 시키면 우리는 서로 하겠다고 나섰다. 그렇게 며칠이 지나자 돼지우리가 완성되었다.

돼지목장에서 일한 경험이 있어서였을까. 삼촌은 마을에서 가장 훌륭한 돼지우리를 지었다. 보통 돼지우리가 한 칸으로 되어 있는데, 삼촌이 지은 건 칸막이가 되어 두 칸이었다.

"삼촌, 왜 두 칸이야?"

"한 칸은 자는 방이고, 한 칸은 노는 방이야. 흐흣."

남동생의 물음에 삼촌은 스스로도 대견한 듯 웃었다.

나는 친구들에게 자랑했다. 우리 돼지는 자는 방이 있고 노는 방이 있다고. 친구들이 구경하러 왔다. 모두 신기한 듯 쳐다보았다.

돼지는 무럭무럭 자랐다. 어머니와 할머니는 설거지한 구정물도 버리지 못하게 했다. 거기에 겨를 타서 돼지 밥으로 주었다. 우리는 학교 갔다 오면 돼지가 잘 먹는 풀을 베러 개울둑이나 들로 가곤 했다. 짚으로 만든 둥구미에 가득 담은 풀을 돼지우리 안으로 던져주면, 돼지들은 꿀꿀대며 달려와 잘도 먹었다. 이마에 구슬땀이 흘러도 잘 먹는 걸 보면 뿌듯했다. 겨울이 되자 돼지 먹이를 감당하기 힘들었다. 언 고구마를 삶아주기도 했고, 이웃집으로 구정물을 얻으러 다니기도 했다. 구정물을 가만히 가라앉혀 위의 맑은 물을 따라내고, 남은 음식 찌꺼기에 겨를 타서 돼지에게 주었다. 그것도 쉽지 않았다. 웬만한 집에서는 모두 돼지를 키웠기 때문이다.

이태가 지나자 돼지가 임신을 했다. 삼촌은 밤새 출산하는 걸 도왔다. 새끼돼지가 태어나던 날, 밤새 새끼를 받아낸 삼촌은 새벽에야 잠이 들었다. 학교 갈 때까지 일어나지 않는 삼촌을 보고 고개를 갸우뚱했다.

"돼지가 새끼를 낳았다."

어머니의 말이 떨어지기 무섭게 돼지우리로 달려갔다.

까만 털이 반지르르한 새끼돼지들이 어미젖을 먹고 있었다. 우리 안으로 가득 쏟아지고 있는 햇살. 새끼들에게 젖을 물린 채 눈을 지그시 감은 어미돼지. 아낌없이 다 내주고 있는 모습이었다. 어려서 그때는 몰랐지만 그게 감동이라는 감정이었을까. 눈물이 날 것 같았다. 등굣길에 옆집 상희에게 우리 돼지가 새끼를 열두 마리나 낳았다고 자랑했다. 어깨를 으쓱거리면서.

새끼들이 어느 정도 자라면 할머니는 장에 갖고 가서 팔았다. 동생들과 내가 팔지 말라고 매달렸다. 할머니는 우리들의 팔을 가만히 떼어내고 새끼들을 바구니에 담아 들고 장으로 갔다. 그리고 공책과 고무신을 사 왔다. 그래도 우리는 시무룩했다.

할머니는 아무 말 없이 머리를 쓰다듬어주셨다. 가끔 윗동네와 건너 동네 어른들이 와서 우리 새끼돼지를 사 갔다. 그런 날이면 삼촌이 읍으로 나갔고, 동태찌개나 오징어찌개가 밥상에 오르곤 했다.

얼마 지나자 무녀리만 남고 새끼들이 모두 팔렸다. 삼촌은 우리 안으로 들어가 무녀리를 안고 쓰다듬었다. 흐뭇한 듯 미소 짓다 하늘을 쳐다보았다.

"삼촌, 제일 작은 새끼잖아."

"그렇지. 남들이 못난이라고 안 사가서 남은 거야. 잘 키워보자. 정성으로 키우면 더 잘 자랄 거야."

하늘을 보다 무녀리 보기를 반복하며 삼촌은 자꾸 웃었다. 그 웃음이 조금은 허허롭게 들렸다.

싸움대장

"빨리 나와 봐. 니네 삼촌 싸워."

옆집 상희가 마당에서 소리쳤다.

할머니가 뛰어나갔다. 할머니 뒤를 따라 뛰었다. 동생들도 저만큼 뒤에 따라왔다. 방앗간 근처에서 삼촌이 윗동네 아저씨와 드잡이를 하고 있었다. 내 친구 아버지였다. 게다가 서로 사돈 간이었다. 얼굴이 벌개져서 핏대를 올리는 삼촌 목소리가 온 동네를 뒤흔들었다. 할머니가 그만두라며 소리를 쳐도 아랑곳하지 않았다. 동생들이 울고 나도 울었다. 우리가 삼촌을 붙잡으려 하자 동네 어른들이 다친다고 못 가게 했다. 우리는 울며 삼촌을 부를 뿐이었다. 무서워서 가슴이 벌렁댔다.

싸움은 쉬 끝나지 않았다. 끝날 것 같다가도 한 사람이 씩씩

당신이 있어 따뜻했던 날들

거리며 욕지거리를 하면 다시 드잡이를 했다. 몇 번 서로 치
고 받고 동네 어른들이 뜯어말려도 다시 또 싸우기를 몇 차
례. 둘 다 지쳤는지 제풀에 나가 떨어져 슬그머니 싸움이 끝
났다. 삼촌 얼굴에 피멍이 들었고 사돈 아저씨 얼굴에도 피멍
이 들었다. 무엇 때문에 싸웠는지 알 수 없다. 그때가 겨울이
었고, 윷판이 펼쳐진 걸 보면, 윷놀이를 하다 싸움이 난 것 같

았다.

삼촌은 싸움대장이었다. 동네에서 싸움이 났다 하면 빠지는 경우가 없었다. 유난히 자존심이 강하고 정의로웠기 때문에 조금만 경우에 맞지 않으면 따졌다. 어른이고 애고 없었다. 삼촌의 싸움 대상은 대부분 어른이었다. 그걸 보면 어른들에게도 고분고분하지 않았던 것 같다. 논바닥에서 싸우고 동네 마당에서도 싸우고 노름판에서도 싸웠다. 윷놀이하다가도 싸웠다. 삼촌은 술을 잘 먹지 못했는데, 싸울 때 보면 얼굴이 술 먹은 사람보다 더 빨갰다.

싸움이 끝나자 빙 둘러섰던 동네 어른들과 애들 모두 뿔뿔이 흩어졌다. 할머니가 어서 집으로 들어가라며 삼촌의 등을 떠밀었다. 우리가 빤히 얼굴을 올려다보았다. 씩 웃는 삼촌의 얼굴이 일그러졌다.

"삼촌, 안 아파?"

막내가 걱정스러운 듯 물었다.

"누가 이겼어?"

얼굴의 상처를 보며 남동생이 자신 없는 목소리로 물었다. 삼촌은 아무런 말도 하지 않은 채 남동생 머리를 쓰다듬었다.

남동생은 고개를 갸우뚱했다. 삼촌이 성큼성큼 앞서 사립문 안으로 들어갔다. 뒤처져 오는 길에 남동생이 내게 물었다.

"누나, 삼촌이 이겼지이?"

나는 아무 말도 하지 않았다. 어린 소견에도 철없다는 생각이 들었기 때문이다. 동생들은 항상 삼촌이 강하다고 생각한 것 같다. 친구들끼리 놀다가 생긴 일이거나 어머니한테 혼날 일까지, 무슨 일만 있어도 삼촌에게 다 일러바친 걸 보면.

집에 들어와 삼촌이 옷을 벗었다. 짙은 갈색 스웨터 올이 터져 풀려 있었다. 드잡이를 하다 그렇게 된 것 같았다. 나중에 엄마가 빨아서 감쪽같이 꿰매놓았다. 할머니가 혀를 끌끌 찼다.

"그 승질머리 좀 버려라. 애들 보는 데서."

"맞지 않는 말을 하니 그러죠. 안 그러니, 얘들아?"

우리는 삼촌의 말이라면 무조건 고개를 끄덕거렸다.

저녁 먹을 때, 삼촌은 입을 제대로 벌리지 못했다. 입 주위와 얼굴이 부었기 때문이다. 그러면서도 밥을 한 그릇 다 먹었다. 어머니는 웃음이 나오는지 잠깐씩 빙긋 웃었다. 나는 또 싸울까 봐 걱정이 되었다.

그날 밤에 우리 집으로 마실꾼들이 모였다. 우리 집은 마실꾼들의 집합소였다. 옆집 아저씨와 건넛집 아저씨, 옆집 할머니까지 대여섯 명이다. 문 밖에서 헛기침 소리가 들리더니 삼촌과 싸웠던 윗동네 사돈 아저씨가 들어왔다. 아저씨 얼굴도 붓고 멍이 들었다. 삼촌 얼굴을 보더니 멋쩍은 듯 방 한쪽에 앉았다.

방바닥에 엎드려 숙제를 하던 나는 등잔불 앞으로 다가갔다. 삼촌은 내가 숙제하는 것만 들여다보았다.

"아, 둘 다 그러고 있을 거여. 쌈질을 왜 해서 얼굴이 그게 뭐여 그래. 더구나 사돈끼리 남우세스럽게."

할머니가 삼촌과 아저씨에게 타박을 놓았다.

"별 것도 아닌 걸 갖고 애들처럼 뭐하는 겨 그래."

"서로 사화하고 말어."

"그려, 그려. 사돈끼리 그게 뭐여."

함께 있던 어른들이 한마디씩 했다.

아저씨와 삼촌이 서로 사화를 했는지 어쨌는지 기억나지 않는다. 그날 이상했던 건, 아저씨가 우리 집으로 마실 온 것이다. 그렇게 욕하며 싸운 후, 세 시간도 못 되었는데.

다음 날부터 학교에서 친구를 만났을 때 난 슬며시 피했다. 뭔지 모르게 껄끄러웠다. 다음 장날 삼촌과 사돈 아저씨가 나란히 껄껄거리며 우리 집 앞에서 헤어지는 걸 보았다. 그 후 나도 친구를 편히 대할 수 있었다.

2
하늘의 별이라도

내 어린 시절은 사랑받고 산 날들로 채워져 있다.
물질적으로는 부족한 게 많았지만 영혼은 따뜻한 날들이었으니까.
내가 세상에서 크게 손가락질 받지 않고,
그런대로 사람 노릇하며 살고 있는 건,
그때 받았던 따뜻한 사랑 덕분이다.

탁상시계

우리 마을에 시계가 딱 하나 있었다. 옆집 상희네 사랑방 벽에 걸린 괘종시계다. 누런 테두리를 하고 있는 둥근 판 안의 시곗바늘, 묵직한 시계추, 그것을 받치고 둘러싼 진한 갈색의 틀. 시간마다 댕댕 울리는 시계 소리는 우리 집에서도 잘 들릴 정도로 컸다. 그 시계 소리를 듣고 우리는 시간을 알았다. 필요할 때는 옆집 오빠들에게 묻기도 했다. 어느 집에서 아기를 낳아도 상희네로 달려와 시간을 물었다. 그렇게 유일하고 요긴한 상희네 괘종시계였다.

우리 집에도 시계가 있었으면 좋겠다고 생각했다. 우리 형편에 가당치 않은 거였다. 해 뜨면 일어나고 해 저물면 잠자리에 드는 시골. 어른들은 입에 풀칠하기도 힘든 삶인데 시계가 필요하다고 생각조차 하지 않았으리라. 할머니는 지붕 위

박꽃이나 뜰의 분꽃이 꽃잎 여는 걸 보고 시간을 짐작하셨다. 박꽃이 닫고 있던 하얀 꽃잎을 열면, 보리쌀을 애벌 삶아야 한다고 했다. 분꽃이 활짝 피면 저녁밥을 지을 때라고 하셨다. 할머니 말씀대로 하면 때를 잘 맞출 수 있었다. 그래도 나는 정확하게 시간을 알 수 있는 시계를 원했다. 말을 꺼내지 못했지만.

마을에서 척사대회가 열렸다. 삼촌이 참가하는 건 당연했다. 우리 마을에서 삼촌이 윷을 제일 잘 던지니까. 1등은 금반지, 2등은 탁상시계라고 했다. 아무래도 삼촌이 1등할 것 같아, 걱정이 되었다. 2등해야 탁상시계를 타는데.

"삼촌, 1등 하지 마. 알았지?"

저녁상을 물리고 난 후, 화롯불을 쬐던 삼촌이 나를 쳐다보았다.

"왜? 금반지 타서 할머니 드리면 좋잖아."

"안 돼, 삼촌! 시계 타야 돼."

다급하게 외치는 나를 보고 삼촌은 큰 소리로 웃었다.

학교만 갔다 오면 척사대회가 열리는 곳으로 구경을 갔다. 위아래 동네 사람들이 모두 모여서 환호성을 하고 야단이었

당신이 있어 따뜻했던 날들

다. 한쪽에는 막걸리 판이 벌어지고, 또 다른 한쪽에서는 탈락한 사람들끼리 재미로 윷놀이를 했다. 대부분 사람들은 대회를 지켜보고 있었다. 애어른 할 것 없이 모두 모여 노는 동네 축제 같은 분위기였다. 지루해진 아이들은 끼리끼리 모여 자치기, 땅따먹기, 사방치기 같은 놀이를 하며 놀았다. 그러다 또 윷놀이 하는 곳으로 달려가곤 했다.

삼촌은 머리에 수건을 질끈 매고 스웨터를 입었다. 윷가락을 가지런히 해서 기다란 손가락 안에 모아 쥐고 숨고르기를 한다. 펼쳐진 멍석을 한 번 쳐다보고 입을 실룩한 다음, 하늘을 향해 윷가락을 적당하게 던진다. 윷가락은 공중에서 몇 바퀴 돌면서 삼촌이 눈길을 두었던 장소에 정확하게 떨어진다.

"윷이다."

"와! 짝짝짝!"

삼촌의 고함 소리와 함께 예서제서 박수 소리와 함성이 함께 터져 나온다. 삼촌은 업고 가던 상대편의 말 두 개를 한꺼번에 잡았다. 삼촌은 또 하늘을 향해 두 번째 윷을 던진다. 나는 삼촌이 잘해서 1등 할까 봐 걱정이 되었다. 2등 해서 탁상시계를 타야 하는데, 금반지를 타면 어떡하나 싶었다.

며칠 동안 열렸던 척사대회가 이제 막바지에 이르렀다. 밤에 마실꾼들이 와서 말하기를 아무래도 우리 삼촌이 1등을 할 것 같다고 했다. 삼촌과 마지막 승부를 겨룰 사람은 윗동네 내 친구 아버지다. 잠이 오지 않았다. 삼촌이 제발 2등 하기를 빌고 또 빌었다. 해님 달님 별님은 물론 돌아가신 아버지에게도 빌었다.

다음 날 학교에서 공부가 되지 않았다. 오전에 마지막 승부가 펼쳐질 거라고 했기 때문이다. 삼촌이 1등 했을까, 2등 했을까. 지금은 다 끝났을 테지. 탁상시계를 타면 놓을 자리까지 염두에 두고 있었는데. 조바심이 났다. 그날 처음으로 공부가 지루했다. 종례까지 늦어져 조바심은 더 심해졌다. 가슴이 답답할 정도로.

학교가 파하자마자 집으로 달려왔다. 아무도 없었다. 방문을 열었다. 눈에 번쩍! 탁상시계다. 뒷문 문지방 내가 보아두었던 그 자리에, 반짝반짝 빛나는 시계가 째깍째깍 소리를 내고 있었다. 뛰어 들어가 가만히 쓰다듬어보았다. 시계, 맞다. 시계다. 맑은 스테인리스 테두리가 된 동그란 시계, 그 시계 얼굴 아래로 네 개의 짧은 다리가 달려 있었다. 이리 보고 저

72   당신이 있어 따뜻했던 날들

리 보고 초침 가는 것까지 가만히 한참 동안 들여다보았다. 신기하고 좋았다. 시간에 맞추어 학교에 가고, 숙제를 하고, 놀아야겠다고 생각했다. 새로웠다. 내가 처음 문명의 세계로 들어온 그런 신선한 느낌이었던 것 같다.

"그렇게 좋으니? 모두들 오늘 네 삼촌이 이상하게 윷을 잘 못 던지더라고 하더라. 꼭 일부러 지려고 작정한 사람처럼. 설마 그러랴마는."

할머니가 어느새 등 뒤에 계셨다.

나는 고개만 끄덕였다. 눈물이 나올 것 같았다. 삼촌이 내 말을 듣고 일부러 2등 한 게 틀림없다는 생각이 들었기 때문이다.

1등 해서 금반지를 타면 저런 탁상시계 몇 개를 살 수 있을 텐데 삼촌은 그 방법을 택하지 않았다. 그 이유를 아주 나중에 알게 되었다. 금반지를 탔다면 팔더라도 양식을 샀지, 탁상시계를 사지 못했을 거라는 걸. 당시에는 원하던 탁상시계를 타 온 것에만 감격했다.

시계가 있어도 할머니는 꽃이 피면 여전히 분꽃이나 박꽃을 보며 시간을 짐작했다. 삼촌은 시계에 별로 관심이 없었다.

나만 학교 가기 전에, 잠들기 전에, 시계를 보았다. 방학 때
생활계획표를 짜며 수도 없이 탁상시계를 쳐다보았다.

당신이 있어 따뜻했던 날들

개구리와 미꾸라지

겨울방학은 지루했다. 자치기와 사방치기를 하며 노는 것도 하루이틀이지, 흥미를 잃었다. 말뚝박기와 오자미놀이도 재미없을 때쯤 삼촌이 우리를 불렀다.

"애들아, 논에 갈까?"

"왜?"

"개구리 잡으러."

우리는 더 이상 물을 것도 없다. 좋다며 따라나섰다. 남동생은 양동이를 들고 삼촌은 삽을 들었다. 나와 여동생은 앞서가는 두 사람을 따라 논둑길을 걸었다. 동생이 미끄러질까 봐 한 손을 뒤로 내밀어 잡아주었다. 삼촌은 성큼성큼 걸었고 남동생은 까불거리며 엉덩이를 흔들었다. 예년과 달리 포근한 겨울이어서 논바닥은 꽁꽁 얼지 않았다. 어젯밤에 살짝 뿌린

자욱눈이 논바닥에 희끗거렸다. 벤 벼 포기 거뭇거뭇한 사이에도. 햇살은 밝게 비치고 하늘은 맑았다. 우리는 신났다.

뒷집 아저씨네 논에 도착했다. 삼촌은 허리띠를 다시 동이고 물웅덩이 옆 논바닥을 쳐다보았다. 우리에게 보란 듯 씩 웃고 논바닥에 삽을 힘껏 푹 꽂았다. 어렵지 않게 푹 들어갔다. 그리고 판 흙을 뒤집어 옆에 놓았다.

"우와!"

"개구리다."

동생들은 환호성을 질렀다. 배가 노란 식용 개구리가 수북했다. 개구리들은 겨울잠을 자고 있다가 무슨 봉변인가 싶었을 것 같다. 우리는 논바닥으로 들어가 개구리를 골라 양동이에 담았다. 삼촌이 한 삽 떠서 뒤집어놓을 때마다 일고여덟 마리 개구리가 노란 배를 드러냈다. 우리는 그걸 움켜 양동이에 담기 바빴다.

그뿐 아니었다. 아직도 물이 고인 물웅덩이 근처 흙을 팠을 때 미꾸라지도 버글거렸다. 미꾸라지는 고사리 같은 우리 손가락 사이를 쏙쏙 잘도 빠져나갔다. 살짝 언 논바닥에서 버둥거리는 미꾸라지를 잡는 것은 쉬웠다. 삼촌은 쉴 새 없이 삽

당신이 있어 따뜻했던 날들

으로 땅을 뒤집었고, 우리는 쉴 새 없이 미꾸라지와 개구리를 잡았다. 금세 양동이에 반이나 찼다.

"이제 그만 가자. 감기 들라."

포근하다고 해도 겨울 날씨였다. 우리 작은 손은 빨갛게 얼었고, 콧물도 질질 흘렸다. 삼촌은 물웅덩이의 괸 물에 삽을 건성건성 씻은 후 양동이를 들었다.

"내가 들고 갈래."

남동생이 양동이 손잡이에 손을 댔다.

"안 돼! 무겁고 손 시려. 그냥 가."

삼촌의 말에 남동생은 약간 시무룩한 표정으로 앞장서서 논둑길을 걸었다. 그래도 금세 마음이 풀린 듯 뒤를 자꾸 돌아보며 웃었다. 삼촌은 어서 가라고 손짓했다. 나락도 없는 논바닥에 참새들이 옹기종기 모여 앉아 짹짹거렸다. 바람은 차가웠다. 여동생은 바람을 피하느라 내 등 뒤에 바짝 붙어 걸었다.

삼촌은 집에 오자마자 깨끗한 물로 여러 번 개구리와 미꾸라지를 씻었다. 마실 다녀온 할머니가 입을 딱 벌렸다. 우리는 의기양양하게 논에 많다며 자랑했다. 할머니는 굵은 소금을 한 움큼 집어 깨끗하게 씻은 개구리와 미꾸라지가 담긴 양동이에 뿌렸다. 삼촌이 재빨리 양동이 뚜껑을 닫았다. 안에서 호독호독 튀는 소리가 요란했다.

어머니는 뒤란 무구덩이에서 무 세 개를 꺼내 달챙이 숟가락으로 득득 긁어 껍질을 벗겼다. 할머니가 아궁이에 불을 지폈다. 어머니는 무를 칼로 어슷어슷 삐져 넣고 고추장과 고춧가루 들기름을 넣어 달달 볶았다. 웬만큼 볶다가 물을 부었다. 국물이 끓자 소금 쳐놓았던 개구리와 미꾸라지를 한 번 더 헹구어, 얼른 집어넣고 솥뚜껑을 닫았다. 한소끔 끓이고 닳게 하기까지 한 시간 넘어 걸렸다. 동생들은 삼촌과 안방에서 화롯불을 쬐며 무슨 이야기인지 도란거리며 깔깔거리기도 했다. 나는 부엌에서 잔심부름을 했다.

"옆집, 뒷집 할머니와 아저씨들 오시라고 해라."

거의 끓었을 때 할머니가 내게 말했다.

저녁 밥상이 들어왔다. 옆집과 뒷집 할머니와 아저씨도 무슨 일로 부르냐며 봉당에 올라섰다. 어른들은 벌써 코를 킁킁거리며 벌름댔다. 작은 안방이 앉을 자리 없을 정도로 비좁았다. 그만큼 웃음소리는 더 커졌다.

당신이 있어 따뜻했던 날들

"이걸 어디서 잡았어? 재주도 좋네. 이 겨울에."

"우리 애들이 잡았어요. 하하."

"애들이 잡았을라구. 훼방이나 놓았겠지. 자네 솜씨 좋구면."

"우리가 잡았어요. 진짜요."

어른들의 농지거리에 남동생이 끼어들었다. 모두 한바탕 웃었다. 개구리 찌개를 한 대접씩 앞에 놓고 어른들과 우리는 맛나게 먹었다.

식용 개구리는 작은 몸집을 하고 있는데, 맛이 고소하고 쫄깃했다. 고단백으로 영양가도 높았다. 산골인 우리 마을에는 그 개구리가 많았다. 아무 때나 잡아먹지 않았고, 한겨울에만 잡아서 튀기거나 찌개를 해서 먹었다. 특히 아이들이 버짐이 피거나 입가가 찢어지면 해먹이곤 했다. 단백질과 지방을 충분히 섭취하지 못했던 날의 이야기다. 그것도 설이 지나면 먹지 않았다.

"오늘 밤에는 뱃속에서 개굴개굴 요란하겠네."

옆집 할머니 말에 방 안에 있던 사람들이 고개를 끄덕이며 박장대소를 했다. 나는 은근히 걱정되었다. 정말 개구리 울음

소리가 뱃속에서 날까 봐.

낮 동안 개구리와 미꾸라지 잡느라 피곤했는지 동생들은 금세 곯아떨어졌고, 마실 왔던 어른들도 모두 돌아갔다. 잠자리에 누워 눈을 감았다. 옴닥옴닥 모여 있는 배 노란 개구리들의 모습이 눈앞에 어른거렸다. 꿈틀대던 미꾸라지도. 뱃속에서 개굴개굴 소리가 날까 걱정하다 까무룩 잠이 들었다.

뒷산의 부엉이가 부엉부엉 우는 소리를 잠결에 들었다.

당신이 있어 따뜻했던 날들

저 하늘의 별이라도

겨울이면 꼭 마을에 나타나는 사람이 있었다. 뻥튀기 아저씨였다. 귀까지 덮는 짙은 갈색 벙거지 쓴. 아저씨는 리어카에 뻥튀기 도구를 실었다. 숨바꼭질이나 전쟁놀이를 하던 아이들은 우르르 리어카 주위로 순식간에 모여들었다. 철망으로 된 길고 둥그런 원통 속에는, 몇 알의 강냉이와 쌀 튀긴 것이 허옇게 붙어서 아이들을 유혹했다. 아이들은 너나 할 것 없이 입맛을 다셨다. 아저씨는 싱긋 미소를 지으며 장작을 지피고 지구본 모양의 뻥튀기 솥을 리어카에서 꺼냈다. 그쯤이면 이미 몇몇의 아이들은 집으로 뛰어 들어가, 할머니나 어머니를 조르기 시작한다. 솥을 달구기 위해 피운 장작이 활활 타오른다. 골똘히 생각하던 몇 아이도 큰 결심이라도 한 듯 집을 향해 뛰어간다. 남은 두어 명은 일찌감치 체

넘한 아이들이다. 뺑튀기마저도 쉽게 튀겨 먹을 수 없을 정도로 궁핍하고 여유 없는 집이 비일비재하던 시절이었다. 우리도 그랬다.

"자, 이제 귀 막고 저만큼 물러나라."

아저씨의 경고가 나오고, 기다란 원통형의 철망을 지구본 모양의 솥 아가리에 갖다 댄다.

"뻥이야!"

아저씨의 고함 소리와 함께 온 동네를 울리는 폭음이 났다. 한동안 뿌연 연기에 그 주변은 휩싸이게 된다. 한참 후, 커다란 대소쿠리에 허연 뺑튀기를 쏟아낸다. 그것의 임자인 아이의 입이 소쿠리보다 더 크게 벌어진다. 아저씨는 솥 안에 들어 있는 것을 다시 싹싹 긁어, 둘러서 있는 아이들에게 한 움큼씩 손에 쥐어주었다. 감질이 났다.

아이들 등쌀에 집집마다 튀기다 보면 저녁 해가 설핏 넘어가고 찬바람이 온 마을을 감싸곤 했다. 어스름과 함께 아저씨는 주섬주섬 도구들을 챙기고, 어둑한 동구를 따라 리어카를 끌고 사라져갔다.

그날도 뺑튀기 아저씨가 나타났다. 우리들은 자치기 하던

당신이 있어 따뜻했던 날들

것을 그만두고 아저씨 주위로 몰려들었다. 아저씨가 바가지에 담긴 뻥튀기를 한 움큼씩 우리에게 먼저 나눠주었다. 아저씨의 영업 작전이다. 벌써 몇몇은 집으로 뛰어 들어갔다. 남동생도 집으로 뛰어갔지만 금세 시무룩한 모습으로 나왔다. 제일 먼저 건넛집 순이 할머니가 쌀을 가지고 와 튀겼다. 큰 소쿠리에 허연 뻥튀기가 가득 담겼다. 순이는 입이 함박만 해져서 할머니를 따라 집으로 들어갔다. 다음은 옆집 상희네 거다. 상희는 옥수수 말린 것과 쌀이었다. 두 방을 튀길 모양이다. 아저씨는 옥수수를 먼저 지구본 모양의 무쇠 솥에 넣었다.

"저리 가라. 다칠라. 저리 가!"

아저씨가 소리쳤다. 쳐다보니 막냇동생이 무쇠 솥 근처에 떨어진 튀밥을 주워 먹고 있는 게 아닌가! 너무도 속상하고 창피했다. 동생의 손을 잡아끌었다. 그 와중에도 동생은 다른 손에 쥐고 있는 튀밥을 나에게 건넸다.

"언니, 이거 먹어."

나에게 혼날까 봐 그랬는지, 줍지 못하게 하니 속상해서 그랬는지, 눈자위가 붉어지고 있었다.

저 하늘의 별이라도 83

"네가 거지니? 왜 주워 먹어! 집에 가!"

동생의 손목을 잡아끌고 그 자리를 떠나 집으로 왔다. 생각할수록 속이 상했다. 할머니는 화롯가에서 담배를 피우고, 어머니는 저녁 준비를 하고 있었다. 할머니에게 좀 전에 있었던 이야기를 했다. 우리도 튀겨달라고 했다.

"얘가 생전 안 하던 짓을 다하네. 안 돼! 그게 주전부리지. 끼니가 되니?"

"그래도 할머니! 애기가 주워 먹었단 말이에요. 튀겨줘요."

끼니가 되지 않는다는 걸 모르지 않았다. 그래도 졸랐다. 윗방에 있던 삼촌이 내려왔다.

"엄니, 후에 어찌되든 한 방 튀겨줘요."

눈치 빠른 동생이 나를 쳐다보고 생긋 웃었다. 삼촌의 말에 할머니가 일어나 뒤란에 있는 광으로 가셨다. 몇 마디 구시렁대긴 했어도. 삼촌이 막내의 머리를 쓰다듬었다.

광에서 나온 할머니를 따라 우리도 뻥튀기 아저씨에게 갔다. 상희네는 옥수수를 튀기고 이제 쌀을 튀기고 있었다. 튀길 것이 깡통에 담겨 순서대로 늘어서 있다. 우리 것 앞에 세 깡통이나 있다. 우리 차례가 되려면 두어 시간 족히 있어야 할 것 같다.

시간은 참 더디 갔다. 동생은 몇 번이고 춥다고 내 품에 파고들었다. 집으로 들어가라고 해도 도리질했다. 시퍼렇게 변한 입술과 얼굴을 하고 나와 마주치면 방긋방긋 웃었다. 남동생도 신났다. 한 방만 튀기고 나면 집에 들어갔다 다시 나왔다. 삼촌에게 보고하는 모양이었다. 동생들은 땅에 떨어진 뻥튀기를 주워 먹지 않았다. 상희가 튀밥이 허옇게 담긴 소쿠리를 들고 들어가도 무관심했다. 차례를 기다리고 있는 깡통, 우리 보리쌀이 담긴 깡통만 눈이 빠져라 쳐다보고 있었다.

드디어 우리 차례다. 남동생이 집에 들어갔다 나오고 한참 후에 할머니가 큰 대나무 소쿠리를 들고 나오셨다. 동생들의 얼굴에는 호기심과 미소가 가득했다. 드디어 뻥 소리가 나고 허연 튀밥이 긴 철망에서 쏟아져 나왔다. 할머니는 둘러선 아이들에게 한 움큼씩 보리튀밥을 쥐어주셨다. 동생들은 환호성을 지르며 할머니보다 앞서 집 안으로 들어섰다.

우리 집은 삼촌의 말 한마디면 뭐든 다 되었다. 그 삼촌을 움직이는 사람은 당연히 우리들이었고. 특히 막내가 원하는 거라면, 우리 삼촌은 아마 저 하늘의 별이라도 따왔을 거다.

뭐가 돼도 될 아이

산자락 돌 많고 비탈진 밭에 담배를 심었다. 담배는 내가 살던 고장의 특산물이었다. 온 동네에 담배농사를 짓지 않는 집이 한 집도 없었다. 산골 비탈진 밭에 심을 수 있는 건 그나마 수월한 거였으니까. 또 산골에서 목돈을 만질 수 있는 유일한 농사이기도 했다.

그래서 집집마다 지붕 용마루보다 훨씬 높은 담배 건조실이 있었다. 하나 혹은 두 개씩. 삐죽 솟아 있는 건조실은 꼭 기린의 목 같았다. 그 집을 지키고 있는 솟대처럼, 수호신처럼, 성스러워 보이기까지 했다. 우리는 건조실이 하나였는데, 산비탈 밭농사에는 그게 나은 것 같았는지, 뒤란 골담초와 돼지우리 있던 곳에 하나 더 지었다. 새로 지은 건조실은 더 튼튼하고 멋졌다.

설이 지나자마자 비닐하우스에 담배 씨앗을 뿌려 모종을 키웠다. 밖에는 찬바람이 불어도 하우스 안에 들어가면 흙과 거름 냄새가 어우러진 비닐 냄새, 그 훈훈하면서 달달한 냄새가 콧속으로 훅 들어오곤 했다. 물뿌리개로 물을 주고 정성을 다해 모종을 길렀다. 납작하면서 통통한 담배 떡잎이 나오면 나도 마음이 설렜다. 삼촌은 동네사람들과 함께 만든 비닐하우스에서 모종을 키웠다.

봄꽃이 피기 시작하고 종달새가 높이 날며 노래하는 4월 초가 되면, 정성들여 키운 모종을 밭에 심었다. 삼촌은 전부터 동악산 그 비탈지고 돌 많은 밭에서 살다시피 했다. 봄바람이 불면 지게로 퇴비를 져 날라 밭에 폈다. 지난여름부터 틈만 나면 풀을 베어 쌓아 만든 퇴비였다. 퇴비를 골고루 뿌리고 난 후, 이웃의 소를 빌려 쟁기로 산밭을 갈았다.

이랴! 이랴!

어머니 심부름으로 새참을 가지고 가면, 삼촌은 동악산이 쩌렁쩌렁하도록 힘차게 소를 몰았다. 호기롭고 우렁찬 그 목소리에 내 발걸음은 더욱 힘차고 가벼워 날아갈 것 같았다. 산과 들의 초목들이 긴 겨울잠에서 깨어나 움을 틔우고, 동고

비와 종달새도 하늘을 날며 지저귀고 있었다.

칡넝쿨이 연한 순을 내밀고 참나무 잎이 피어날 때쯤 그 산밭에 담배 모종을 심었다. 부지깽이 손이라도 빌린다는 농번기였다. 온 식구가 동원되는 건 물론이고 어머니와 할머니의 품앗이로 온 일꾼들이 산밭에 모여 북적댔다. 동생들은 모종을 좀 나르다가 금세 지쳐, 나무 그늘에 쉬거나 찔레 순을 꺾으러 숲으로 들어가곤 했다. 막걸리 주전자와 함께 푸짐한 들밥을 대광주리에 담아 인 어머니가 산 아래 보이면, 할머니는 그것을 받으러 내려갔다.

일꾼들은 이마에 송골송골 맺힌 땀을 상쾌한 산바람에 식히며 맛있게 들밥을 먹었다. 산새들의 노래와 일꾼들의 웃음소리가 어우러져, 척박한 산밭이 꿈을 심는 옥토로 탈바꿈하는 느낌이었다. 햇볕에 그을린 삼촌의 얼굴은 희망에 찬 듯 환했다. 그 후에 얼마나 많은 일을 하고 잠을 못 자야 목돈이 될 수 있는지를 잊은 듯. 그렇게 산골 사람들은 꿈을 키우고 좌절을 맛보면서 길고 고단한 삶의 골짜기를 건너곤 했다.

담배 심는 날, 나는 물뿌리개로 모종 심을 구덩이에 물을 길어 붓는 걸 맡았다. 비탈밭 옆 작은 도랑에서 물을 길었다. 깨

당신이 있어 따뜻했던 날들

끗한 산골물이다. 가재가 기어가다 나를 보고 얼른 돌 틈으로 숨었다. 소금쟁이와 사마귀도 얼른 도망갔다. 물뿌리개 두 개에 가득 물을 채워 양손에 들고 산비탈을 올라갔다. 등과 이마에 땀이 흘렀다. 밭에서 어른들은 빨리 물을 길어 오라고 야단이었다. 나 혼자는 역부족이다. 그러면 삼촌이 물지게를 지고 내려와 물을 길어 불그레한 넓은 함지에 부었다. 내가 열 번 오르내리는 것보다 더 많은 물이 함지에 담겼다. 일꾼들은 그 물을 퍼서 모종 심을 구덩이에 부었다.

점심을 먹은 후 나는 심은 담배 모종을 세었다. 한 줄 한 줄 정확하게 세어 장부에 적었다. 돌에 차이면서 밭고랑을 돌다 보면 발가락이 아팠다. 산새들의 지저귐과 일꾼들의 일하는 소리를 배경음악으로 들으며. 심은 담배 포기를 한 번만 세지 않고 꼭 세 번을 세었다. 삼촌의 분부였다. 포기 수가 세 번 모두 같거나 같지 않았다. 그러면 네 번 세는 적도 있었다. 다 세고 나면 밭마다 몇 포기를 심었는지 계산해서 삼촌에게 보고했다.

어린 나로서는 쉬운 일이 아니었다. 햇볕은 따가웠고 밭에는 돌이 많았으며, 걸을 때마다 흙먼지가 일었다. 일꾼들은 벌써 저 아래 밭에 가 일을 했고, 나 혼자 포기를 세는 일이었기 때문이다. 그래서 어떤 집 아이는 세다가 몰래 집으로 갔다는 말도 있고, 아예 안 한다고 뻗댔다는 말도 있었다. 함께 일하는 것보다 외로운 일이었다. 어느 누구와 말을 할 수 없고 딴 짓을 할 수도 없다. 그러면 포기 숫자가 맞지 않을 테니까. 나는 삼촌이 시킨 일을 묵묵히 했다.

모종을 다 심었을 때는 대개 긴 봄날 해가 넘어가고 어둑해질 무렵이었다. 일꾼들은 도랑물에 농기구와 손을 씻으며 돌아갈 준비를 했다. 나는 아직도 남은 저 아래 밭까지 밭고랑을 오가며 포기를 세어 적었다. 다 끝났을 때는 일꾼들이 모두 돌아가고 삼촌만 남아 나를 기다리고 있었다. 밭둑에 앉아 담배를 피우며. 나는 담배 포기를 세어 적은 작은 수첩을 내밀었다.

"넌 뭐가 돼도 될 아이야. 삼촌은 그걸 믿어."

웃으며 수첩을 받는 삼촌의 허연 이가 밖이 어둑한데도 보였다.

저녁밥상 앞으로 모인 일꾼들 앞에서 삼촌은 또 말했다. 애는 뭐가 돼도 될 아이라고. 한 번도 싫다 소리 안 한다고. 끈기 있는 아이니 안 그러냐고. 일꾼들은 고개를 끄덕였지만 건성이었고, 허기진 뱃속을 달래느라 급급한 듯했다. 삼촌만 나를 보고 또 빙긋 웃었다. 뒷산의 소쩍새 소리 애절하게 들리는 봄밤이었다.

무엇에 홀린 듯

담배농사는 일 년 농사나 다름없었다. 설 지나자마자 모종을 길러 밭에 심고 가꾸어 잎을 말리고 조리를 해서 수매하는 데까지, 거지반 한 해가 다 걸렸으니까. 그렇게 해서 목돈을 손에 쥐면 양식을 들여놓고 자녀들 학비를 했다. 때론 그것으로 장가를 가고 시집을 갔으며 분가도 했다. 누군가는 무엇에 홀린 듯 노름을 했고, 누군가는 몰래 훔쳐 들고 집을 나가 도시로 갔다.

어느 해인가, 삼촌은 그것으로 노름을 해서 사흘 낮밤을 보내다 다 잃고 들어왔다. 초주검 상태가 되어 다리를 휘청대며 기다시피. 퀭한 눈으로 들어온 삼촌을 보고 할머니는 소리 지를 엄두도 못 내고, 머리를 허리끈으로 묶은 채 누워 몇 날 며칠 일어나지 못했다. 삼촌도 윗방에 누워 꼼짝하지 않았다.

당신이 있어 따뜻했던 날들

어머니만 그 사이에서 안절부절못했다. 철없는 동생들은 윗방에 살금살금 올라갔다 시무룩해서 내려왔고, 나는 방바닥에 엎드려 천천히 숙제를 했다. 가끔 어른들의 동정을 살피면서.

봄에 심은 담배 모종은 뻐꾸기가 울 때쯤이면 키가 1미터 족히 자랐다. 그러면 담배 포기마다 일일이 곁순을 따고 벌레를 잡아주었다. 그러다 보면 끈적끈적한 진이 흐르는 땀과 뒤범벅이 되어 온몸이 근질거렸다. 갈증이 나도 물을 먹기 힘들 정도로 손에 까맣게 담뱃진이 들러붙었다. 계곡물에 씻기 번거로우면 마른 흙에 손을 문질러 끈기를 없앤 후, 주전자에 있는 물을 마셨다. 그늘에 두었는데도 물은 미지근하다 못해 따뜻했다.

그 담뱃잎이 넓적하고 길게 자라면 그 잎을 따서 새끼에 엮었다. 한손으로 새끼 틈을 벌리고 한 손으로 잎을 사이에 끼우다 보면, 손가락에 물집이 잡히고 부르텄다. 삼촌과 몇몇 일꾼은 담뱃잎을 따서 지게에 져 나르고, 여자 일꾼들은 봉당이나 건조실 앞뜰에 앉아 담뱃잎을 새끼에 엮어 꿰었다. 하루 종일 그렇게 담배를 엮고 나면 온몸은 땀과 잎에서 나온 진액

무엇에 홀린 듯

으로 끈적거렸다. 그것을 건조실 안 맨 위에서부터 묶어 다는 데 한밤중이 다 되어야 끝이 났다.

담배를 달고 나면 삼촌은 건조실 아궁이에 불을 때기 시작했다. 삼복더위에 석탄을 물에 개서 불 때는 일이 쉬웠으랴. 모기와 갖가지 물것들에 물리기도 했다. 하루에도 몇 차례씩 잎담배의 상태를 살피러 사다리를 타고 건조실 벽을 오르내렸다. 꼭대기에 낸 조그만 창구멍을 통해 건조실 안을 살피면서 불을 조절해야 되었다. 새벽까지 상태를 보느라 잠을 제대로 못 잘 때가 허다했다. 그렇게 정성들여 불을 때고 나서 적당하게 마르면 하루쯤 문을 열고 화기를 뺐다. 그 후, 약간 습기를 머금은 노랗게 마른 담뱃잎을 하나씩 새끼줄에서 빼서 가지런하게 차곡차곡 광에 쌓았다.

마지막 담뱃잎까지 따서 건조시키고 나면 담배조리를 시작한다. 대개 가을의 문턱에 다다랐을 때였다. 길이와 마른 색깔의 정도 등에 맞추어 흠을 도려내고 정리하는 과정이다. 그렇게 잘 정리해서 쌓아두었다가 수매할 때가 되어 전매소로 내가면, 마른 담뱃잎의 질에 따라 등급을 매겨 가격을 책정했다. 좋은 값을 쳐서 받는 게 일 년 농사의 보람이었다. 삼촌과 우리 식구에게는 그때만이 지폐를 만져볼 수 있는 기회였다. 그렇게 힘든 과정을 거쳐 손에 쥐게 된 목돈이었다. 그 목돈은 대부분 일 년 내내 양식으로 빌려 먹은 장리쌀 값과 이자로 다나갔다. 그것을 갚고 나면 몇 푼 남지 않아 삼촌은 한숨을 푹푹 내쉬었고, 또 돈 벌러 서울로 가곤 했다.

어느 해였다. 빌려 먹은 장리쌀 값도 갚지 않고 삼촌이 몽땅 노름을 해서 없앤 것이. 삼촌은 지겨웠을지도 모른다. 죽도록 일해도 가난에서 벗어날 수 없다는 것에. 그래서 일확천금을 얻으려 욕심을 부렸을지도. 그것 역시 이룰 수 없는 헛된 꿈이라는 걸 알면서도, 불을 보고 덤벼드는 불나방처럼 무엇에 홀린 듯 그렇게 덤벼들었던 게 아닐까.

세상 물정 모르는 산골 사람들을 상대로 노름판을 벌였던 사람들은 읍에서 나온 사람들이었다. 그들은 건넛마을 주막집에 따리를 틀고 앉아 순진한 사람들에게 헛바람을 들게 했다. 집집마다 남자들을 단속하느라 안사람들은 전전긍긍했다. 우리 삼촌은 그에 비하면 자유로운 편이었다. 잔소리하는 안사람이 없었고, 어머니는 늙었으며, 형수는 순박한 사람이

었으니.

"일 년 고생한 걸 한 아가리에 털어 넣으려고 그러니? 저 어
린것들하고 뭘 먹고 살라고. 도대체 왜 정신을 못 차려!"

담배 수매한 돈을 코트 주머니에 넣는 삼촌을 붙잡고 할머
니가 울부짖었다. 삼촌은 할머니를 뿌리치며 방문을 열고 나
갔다.

"걱정 마세요. 잃지 않을 거예요."

삼촌의 목소리가 어린 내 귀에도 공허하게 들렸다. 삼촌이
나가고 나는 혼자 천지신명에게 빌었다. 삼촌이 돈을 잃지 않

당신이 있어 따뜻했던 날들

기를. 그러나 다 부질 없는 짓이었다. 무엇에 홀린 듯 그렇게 나갔던 삼촌은 빈털터리가 되어 돌아왔기 때문이다.

며칠 꼼짝 않고 누워만 있다가 일어난 삼촌은 서울로 갔다. 고개를 푹 숙이고 버스 정류장을 향해 휘적휘적 걸어가는 모습은 여름날 산밭을 누비던 건강한 모습과 너무도 달랐다. 그날부터 우리 삼남매는 또 삼촌을 매일매일 기다렸다.

무엇에 홀린 듯

고추장 한 항아리

내 식성 중의 하나는 고추장 넣고 밥을 비벼 먹는 거다. 어릴 적부터 그랬다. 보리밥에 김치나 나물을 넣고 빨간 고추장을 반수저쯤 넣어 밥을 비벼 먹었다. 반찬이 없어도 고추장만 있으면 되었다. 심지어 칼국수도 고추장을 넣고 비볐다.

초등학교 때 양식이 떨어져 아침에 칼국수를 해 먹은 날이 있었다. 점심 도시락 걱정을 하는 어머니에게 국수를 싸달라고 했다. 고추장과 함께. 학교에서 퉁퉁 불어터진 국수를 비벼 먹었다. 짝꿍이 신기하다는 듯 쳐다보았으나 난 아무렇지도 않았다. 내 식성이 그랬다. 그런 나를 삼촌은 툭하면 놀렸다.

"시집갈 때 고추장이나 한 항아리 해서 보내줄까? 고추장

장수한테 보내든지."

"싫어!"

내가 앙탈을 부리듯 소리치면 삼촌은 웃기만 했다. 그래서 비벼 먹지 않으려고 애쓴 적도 있다. 하지만 금세 다시 고추장을 찾는 나였다. 지금도 그런 식성이 남아 음식점에 가도, 비빔국수 비빔밥 비빔냉면 등을 주로 주문한다. 그럴 때 가끔 삼촌의 말이 생각난다. 그때의 표정까지도.

삼촌이 한 말 중에 기억에 남은 게 그다지 많지 않다. 아주 짧은 몇 개의 문장과 단어들뿐이다. 표정이나 그때의 분위기는 잘 떠오르는데 한 말은 잘 생각나지 않는다. 너무도 긴 세월에 녹고 흐릿해져 흔적 없이 사라져버린 걸까. 서로 대화를 많이 하지 않았기 때문일까. 알 수 없다. 그 가운데 이 말은 선명하게 기억되는 몇 안 되는 말 중의 하나다.

고추장은 예나 지금이나 기본 식재료 중의 하나다. 그 당시 우리는 고추장을 마음껏 담가 먹지 못했다. 그래서 무척 아껴 먹었다. 된장보다 고추장에 들어가는 부재료들이 많았기 때문이었는지, 담배농사를 주로 하느라 고추를 충분히 심지 않아서 그랬는지, 그것도 역시 알 수 없다. 아무튼 어릴 때 고추장이 늘 부족했다. 가을에 담근 고추장이 봄이면 떨어졌으니까. 그래서 봄볕이 고루 퍼지기 시작하면 어머니는 새로 고추장을 담그곤 했다. 개울가에 미나리가 파릇하게 자라면 뜯어서 약간 덜 익은 고추장에 무쳐 먹었다. 그것도 맛있었다. 어쩌면, 해 먹는 반찬마다 고추장이 들어가니 부족했던 게 아닌가 싶다.

삼촌의 말이 속으로 무참했고 미안스럽기도 했다. 많이 먹는다는 걸 에둘러 말한 게 아닐까 싶어 서운하기도 했다. 그래서 먹지 않으려고 나름대로 애를 써보기도 했다. 별 반찬 없어도 고추장만 있으면 잘 먹으니 한 말이었을 텐데, 어린 마음에 고민이 되었던 거다. 어쨌든 나는 고추장 한 항아리를 혼자 다 먹는다는 말을 심심찮게 들으며 컸다.

어른이 되어 바쁜 현대인으로 살면서 고추장은 더욱 자주 먹게 되는 식품이 되었다. 아직 손수 담가 먹은 적은 없지만. 얼마 전까지 어머니가 주시는 것을 주로 먹다, 이제는 마트에서 사다 먹는다. 고모나 이모 집에 갔을 때 고추장을 준다고 하면, 두말하지 않고 좋다며 얻어온다. 여행을 갈 때도 잊지 않고 챙기는 게 고추장이다.

당신이 있어 따뜻했던 날들

삼촌은 우리가 먹는 것도, 노는 것도, 앙탈하는 것도, 다 사랑스러웠나 보다. 우리를 보면 항상 웃었으니까. 꾸중 듣거나 엉덩이 한 대 맞은 적이 없다. 그렇다고 성질이 좋기만 한 사람은 아니었다. 동네에 싸움이 났다 하면 삼촌이었고 할머니와 자주 언쟁을 한 걸 보면. 우리 삼남매에게만 유독 너그럽고 따뜻했던 게 아닐까 싶다. 장난기가 있어 고추장 한 항아리 싸서 시집보낸다는 소리를 자주 해 나를 속상하게 했지만. 그 장난도 고추장만 있으면 밥이고 국수고 다 잘 먹는 게 사랑스러워 그랬으리라. 나중에는 삼촌이 그러거나 말거나 신경을 쓰지 않았다. 그게 장난이고 바탕에 흐르는 게 사랑이라는 걸 알 정도로 자랐으므로.

내 어린 시절은 사랑받고 산 날들로 채워져 있다. 물질적으로는 부족한 게 많았지만 영혼은 따뜻한 날들이었으니까. 그날이 그다지 길지 않았더라도, 내가 성장하는 데 필요한 만큼 아니 충분할 만큼 깊고 넓은 사랑을 받았으니까. 내가 세상에서 크게 손가락질 받지 않고, 그런대로 사람 노릇하며 살고 있는 건, 그때 받았던 따뜻한 사랑 덕분이다. 그 사랑이 끝까지 본래의 나를 잃지 않도록 붙잡아주었다. 세파에 흔들릴 때도리어 합당하지 않을 것들과 싸워 이기고자 했던 것도, 벼랑 끝에 내몰린 듯 암담할 때 용기를 냈던 것도, 어둡고 긴 터널에 갇혀 출구를 찾지 못하는 순간에도 한 줄기 빛을 찾으려 눈을 비볐던 것도, 모두 그 사랑 덕분이다.

다시 또 고추장에 밥을 비벼 먹고 싶은 날이다. 빨간 고추장과 나물을 넣고, 삼촌의 사랑까지 넣어 푸짐하게 비비고 싶다. 그래서 크게 한 숟갈 입에 넣으며, 그리운 삼촌을 마음껏 그리워하고 싶다.

당신이 있어 따뜻했던 날들

턱수염과 다리털

여름이 끝나면 아침저녁엔 한기를 느낄 정도로 쌀쌀한 게 시골의 기온이다. 뒤란 장독대 옆에는 국화가 꽃봉오리를 잔뜩 부풀리고, 참새들이 시끄럽게 몰려다니며 유난히 짹짹거렸다. 할머니와 내가 학교에 늦을까 봐 번갈아 깨워도, 동생들을 이불 속으로 더 파고들었다.

"앗! 따가워!"

"아잉, 삼촌! 따갑단 말이야."

동생들이 번갈아 징징대며 눈을 떴다. 삼촌이 동생들 얼굴을 수염이 길어져 나온 까끌까끌한 턱으로 문질렀기 때문이다. 그건 삼촌의 특기다. 동생들 잠 깨우는 데 특효약이다. 잠에서 깨어난 동생들은 삼촌에게 덮벼들어 때리며 앙탈을 부리기도 했다. 그래도 삼촌은 흐흐흐 웃기만 했다.

삼촌의 턱수염은 하루만 지나도 푸릇푸릇하게 길어져 나왔다. 삼촌은 잠 깨울 때도 그랬지만 툭하면 막내 얼굴에 그 까끌까끌한 턱을 문지르곤 했다. 예뻐도, 귀여워도, 장난치고 싶어도, 그렇게 문질러댔다. 유난히 어리광이 많았던 막내에게 사랑을 그렇게 표현한 것 같다. 내게는 단 한 번도 그런 적이 없다. 나는 좀 컸기 때문인 듯하다.

우리 집에는 방이 두 개밖에 없었다. 행랑채를 지은 건 한참 후였다. 그때까지 삼촌과 남동생이 윗방을 썼고, 할머니와 어머니, 여동생, 나는 안방을 썼다. 막내인 여동생은 삼촌과 자고 싶어서 자주 징징댔다. 그래도 남동생은 절대 삼촌을 양보하지 않았다. 윗방은 좁았다. 불기도 들어가지 않아 가을부터 추웠다.

윗방 아랫목에는 어머니가 수놓아 만든 하얀 횃댓보가 쳐져 있고 그 안에 옷가지들이 걸렸다. '스위트 홈'이라고 영자가 수놓인 횃댓보 아랫단에는 보라색 구절초꽃이 잔잔하게 역시 수놓아져 있었다. 바탕이 하얀 옥양목 횃댓보를 어머니는 깨끗하게 빨아서 바삭바삭 소리가 날 정도로 풀을 먹여서 다려 쳐놓았다. 나는 숨바꼭질할 때마다 그 안에 숨었는데, 바삭거

당신이 있어 따뜻했던 날들

리는 소리가 좋아 손으로 살짝살짝 문대보곤 했다.

어머니가 결혼할 때 해온 자그마한 장롱은 윗목에 놓였다. 외가 뒤란에 심었던 오동나무를 베어 짠 것이라고 했다. 한쪽에는 거울이 달렸고 또 한쪽에는 그림 그려진 유리창이 있었다. 위에 이불을 얹게 되어 있고 아래에 옷을 넣게 만들어졌다. 나는 장롱 안이 궁금하여 뒤적거리다 다시 정리해놓곤 했다.

가을걷이가 끝나면 그 장롱 옆에 수숫대로 엮어 만든 둥근 고구마 통가리가 놓였다. 그래서 삼촌과 남동생이 겨우 잘 정도의 공간밖에 남지 않았고, 고구마를 다 먹을 때까지 윗방에서 흙냄새 같은 게 났다. 그 방은 약간 어둑했고 추웠다.

가끔 삼촌이 늦잠을 자는 경우도 있었다.

"아가, 삼촌 진지 잡숫게 깨워라."

어머니의 말이 떨어지기 무섭게 막내가 윗방으로 올라갔다. 삼촌에게 동생들을 깨우는 특기가 있듯, 막내에게도 삼촌을 깨우는 무기가 있었다. 삼촌의 다리에 나 있는 털을 잡아당기는 거였다. 무슨 짓을 해도 다 용서되는 특권, 그걸 막내는 갖고 있었다.

"이 녀석이! 하하하."

막내가 삼촌의 다리털을 잡아당겼다. 삼촌의 웃음소리가 아침부터 작은 집 안에 가득 찼다. 벌떡 일어나는 삼촌을 보고 막내가 안방으로 뛰어내려왔다. 만면에 희색을 띠고. 잠시 후면 삼촌이 덥수룩한 머리를 쓸어 넘기며 안방으로 내려온다. 할머니 등 뒤로 가 숨은 막내, 찾는 척하는 삼촌, 그 모습이 우스워 우리는 키득거렸다.

창호지를 뚫고 방 안 가득 들어온 노란 아침 햇살, 소박한 아침상, 질화로에 보글보글 끓고 있는 된장찌개, 화롯가에 놓인 어머니와 할머니 밥그릇, 그 옆에 놓인 개다리소반. 우리는 삼촌과 함께 그 소반에서 밥을 먹었다. 어머니가 떠놓은 된장찌개가 밥상 가운데 올랐다. 밥 먹는 동안 삼촌은 빙긋빙긋 웃으며 우리들을 쳐다보았다.

삼촌이 막내에게 특별한 애정을 가진 건 막내가 유복자기 때문인 것 같다. 아버지 삼우제를 지낸 날 밤에 태어난 막내였다. 내가 아기 울음소리를 듣고 잠에서 깨어보니, 얼굴이 빨간 아기가 안방 윗목에 누워 있고, 삼촌은 윗방 문지방 옆에서 가만히 내려다보고 있었다. 어머니와 할머니는 하염없이 울고 있었다. 그날 밤의 풍경은 꿈속인 듯 상상인 듯 아슴 아슴하다.

우리들의 엉덩이 한 번 때리지 않고 험한 말 한마디 하지 않은 삼촌. 그 삼촌 덕분에 아버지가 부재한 현실에서, 우리는 아무런 결핍을 느끼지 않고 자랄 수 있었다. 할머니와 어머니에게 어떤 모습으로 기억되는 삼촌일지 모르겠지만 우리에게는 그랬다. 때로 친구 같고 때로 아버지 같았다. 우리가 한 번도 존대를 하지 않은 걸 봐도, 친구 같았다는 표현이 적당한 것 같다.

면도하는 사진이나 영상만 봐도 삼촌 생각이 난다. 푸릇푸릇 자란 까끌까끌한 턱수염. 저 턱으로 동생들의 보드란 얼굴을 문지르며 잠을 깨우던 장난기 많은 우리 삼촌. 삼촌의 튼실한 다리를 뒤덮고 있는 까만 다리털을 잡아당기던 막내. 웃음 가득한 우리 집. 우리들이 어서 자라기를 바라던 할머니와 어머니처럼 삼촌도 그랬을 것 같다. 지금은 내 기억 속에 몽환적으로 남아 있는 풍경들이다.

자존심을 닮았다

"자존심 강한 게 꼭 닮았어. 네 삼촌을."

어렸을 적부터 고모에게 자주 들은 말이다. 내가 어머니나 아버지가 아닌 삼촌을 닮았단다. 삼촌이 자존심이 강한지 어쩐지 난 잘 모른다. 우리 삼남매를 볼 때마다 흐흐 웃던 모습만 기억 속에 선명하다. 자존감은 긍정적으로 해석되지만 자존심은 열등감을 내포하고 있는 것 같아 부정적으로 생각된다. 고모는 내가 고집을 피울 때마다 그렇게 말했던 것 같다. 고모의 말이 틀리지 않다. 나는 자존심이 강했고 지금도 강하다.

얼마 전에 누가 이야기 중에 내게 자존심이 강한 것 같단다. 오랜만에 듣는 말이다. 그 말이 머릿속에 자꾸 맴돌았다. 어렵고 고단했던 지난날, 남이 불쌍하게 여기는 걸 나는 참기 힘들어했다. 위로가 아니라 가엾게 여기는 건 싫었다. 힘내라고 용기를 주는 건 고마웠지만. 원하지 않는데 자기의 잣대로 나의 삶을 판단하는 건 참기 힘들었다. 집안에 우환이 있는 사람이면 모두 자기들보다 못한 삶이라고 생각하는 게 용납되지 않았다. 나는 나의 방식으로 그 지난한 삶의 골짜기를 지나고 있었는데, 불쌍하게 본다면 맥 빠지는 일이다. 힘내라고 응원할 수는 없는 걸까. 그걸 자존심이라고 한다면 나는 지금도 자존심이 강한 사람이다.

자존심이, 때로는 자존감으로, 때로는 열등감으로, 내 삶의 상황과 순간에 작용해, 나를 단단하게 만들거나 위축되게 했다. 차츰 남을 의식하면 위축된다는 걸 알게 되었다. 그 후 내 현실에 맞는 삶의 방식을 선택했고 성실함으로 극복하려 애썼다. 나는 자존심을 부정적으로 생각지 않았다. 자존심이 없는 태도는 더 견딜 수 없었으니까.

삼촌 어렸을 적 일화다. 여름 장맛비에 집이 새서 천장에서 빗물이 떨어졌다. 할머니와 아버지 고모까지 모두 이웃집으로 피신을 가서 하룻밤을 보냈다. 삼촌은 가지 않겠다고 고집을 피웠다. 아무리 설득하고 꾸중을 해도 듣지 않았다. 결국

비가 주룩주룩 새는 방에서 혼자 밤을 지새웠다. 삼촌은 내 집 두고 왜 남의 집에 가서 자느냐고 했단다. 아침에 와 보니 홑이불을 돌돌 말고 한쪽 구석에 잠들어 있더란다.

지금도 비 오는 날이면 그 이야기가 생각난다. 웅크리고 빗물 떨어지는 방에서 밤을 새우는 어린 삼촌의 모습도 그려진다. 얼마나 당찬가 말이다. 그것 한 가지만 봐도 삼촌의 성정을 알 만하다. 고모는 그것 때문에 자존심이 강하다고 생각했을까. 남매지간이니 또 다른 일화가 있을 수도 있을 테지만.

초등학교 다닐 때 나는 도시락을 싸 가지 못할 때가 가끔 있었다. 그런 때면 학교 운동장 한쪽에 있는 우물물로 허기를 달랬다. 어려웠던 시절이어서 도시락을 못 싸 오는 아이들이 많았다. 그 아이들이 점심시간이면 우물로 가 줄서서 물을 퍼 마셨다. 나는 줄을 서지 않았다. 아이들이 많으면 교실 뒤란에 있는 토끼장과 화단 주위를 빙빙 돌았다. 그러다 아무도 없을 때 우물로 가서 물을 마셨다. 배고픈 모습을 누구에게든 보이기 싫었기 때문이다. 이것이 자존심일까 자존감일까. 남을 의식해서 한 행동은 아니었다. 허기로 퀭한 아이들의 얼굴에서 내 모습을 보기 싫었던 것뿐이다.

당신이 있어 따뜻했던 날들

간혹 떡이나 누룽지를 싸 오는 친구들이 있었다. 그러면 아이들이 서로 그 친구를 향해 손을 내밀었다. 먹을 게 부족했던 시절이니까. 나는 내 짝꿍이거나 친한 친구라 해도 절대 손을 내밀지 않았다. 그 친구가 건네줘도 냉큼 받지 않았다. 몇 번 도리질하다 마지못해 받았다. 내숭이 아니었다. 받는 게 싫었다. 배고플 때 먹을 것 받는 건 더더욱. 그게 자존심일까. 오기와 고집이 들어 있는 거라면 자존심일 것 같기도 하다.

동네 어느 집에 잔치가 열리면 마을의 어른 애 할 것 없이 모두가 그 집에서 며칠 동안 먹다시피 했다. 잔치 전부터 음식을 만드느라 집집마다 할머니나 어머니들이 그 집의 일을 도왔다. 그러니 자연스레 잔칫집에서 끼니를 해결할 수밖에. 할머니와 어머니도 잔칫집 일을 도왔다. 그래도 나는 잔칫집에 가지 않았다. 동생들이 가려고 하면 못 가게 했다. 배고프다고 징징대는 동생에게 참지 못한다고 눈을 흘겼다. 저녁에 할머니나 어머니가 얻은 음식을 치마폭에 싸 왔다. 할머니는 남의 집 애들은 잔칫집에 기웃거려도 우리 애들은 안 보이더라 하며, 음식을 나눠주었다.

어머니의 음식 솜씨가 얌전했다. 동네는 물론 이웃 동네까지 잔치만 열리면 불려 다니며 음식을 만들었다. 어머니는 음식을 해주러 갈 때 꼭 요기를 하고 갔다. 가면 맛있는 걸 많이 먹는데 왜 그러냐고 물었다. 배고프면 음식 맛을 몰라 제대로 할 수 없고, 허겁지겁 먹는 모습을 보이게 되는 게 싫기 때문이라고 했다. 그것 보면 어머니도 자존심이 강한데, 고모는 꼭 나에게 삼촌을 닮았단다.

내가 박사 학위를 받았을 때, 대학에 출강하게 되었을 때, LA에서 강연 초청 받아 갔을 때, 나에게 좋은 일이 생겼을 때마다, 고모는 울먹이며 말했다.

"네 삼촌이 살았다면, 네 아버지가 살았다면, 얼마나 좋아했을까."

나의 초등학교 2학년 통지표에 남에게 지지 않으려는 성격이 있다, 라고 쓰여 있다. 그걸 보면 고모 말이 틀린 건 아니다. 나는 우리 삼촌을 닮았다. 자존심 강한 우리 삼촌을.

행랑채

5학년 때쯤이었다. 삼촌은 한동안 매일 벽돌을 찍었다. 지난해 추수 끝나고 삼촌이 가서 일한 곳은 벽돌 공장이었다. 거기서 벽돌 만드는 걸 배웠다더니, 돌아온 후부터 벽돌을 찍기 시작했다. 벽돌로 무엇을 할지 어린 나는 알지 못했다. 팔 것인지, 무엇을 지을 것인지. 한 줄 두 줄 찍은 벽돌이 늘어나는 걸 세어볼 뿐이었다.

삼촌은 진흙이나 황토 찰흙을 뒷산에서 파 왔다. 바소쿠리에 가득 흙을 퍼 지게에 지고 산에서 내려왔다. 그 흙에 짚을 썰어 넣고 물을 섞은 다음 처덕처덕 삽으로 수차례 이기면 찰기가 도는 흙이 된다. 그것을 직사각형 나무틀에 넣어 꾹꾹 누르고, 흙손으로 싹 깎아 엎어놓는다. 그리고 살살 나무틀을 빼낸다. 그것을 며칠 동안 잘 말리면 단단한 흙벽돌이 된다.

짚을 썰어 넣었기 때문에 쉬 부서지지 않고 돌덩이 같다.

며칠 새에 벽돌이 우리 안마당을 가득 채웠다. 옆집 상희네 바깥마당 반 이상도 삼촌이 만든 벽돌로 가득했다. 학교에서 돌아오면 우리들도 벽돌 만드는 걸 구경하거나 심부름하며 거들었다. 삼촌이 작두로 짚을 숭덩숭덩 썰면 남동생은 신이 나서 헛간에서 짚을 내왔다. 일꾼을 사지 않고 오롯이 삼촌 혼자 그 일을 했다. 지나가는 어른들이 한마디씩 훈수를 두면 삼촌은 그냥 씩 웃고 말았다. 나는 비가 와서 벽돌이 마르지 않을까 봐 걱정했다. 다행히 큰비를 맞지 않은 채 벽돌이 다 만들어졌다.

"니네 행랑채 지을 거래."

"맞어, 그래서 니 삼촌 장가갈 거래."

옆집 건넛집 아이들이 내게 말했다.

기분이 묘했다. 울적한 것도 같고 설레는 것도 같아 아무 말 도 하지 못했다. 삼촌이 언젠가 장가갈 거라는 걸 모르지 않 았는데도 기분이 이상했다.

벽돌이 다 마르자 삼촌은 벽돌을 안마당 한쪽에 차곡차곡 쌓았다. 어디선지 나무를 구해다 적당한 크기로 자르고 넙적하게 켜기도 했다. 봄비가 오는 날이면 거적과 멍석을 씌워 비가 들어가지 않도록 했다. 가끔 봉당에 나와 서서 벽돌과 나무를 보며 골똘히 생각하기도 했다.

그러던 어느 날 학교에서 돌아와 보니 집안이 떠들썩했다. 여러 사람들과 삼촌이 변소와 헛간 있던 자리에 집을 짓고 있었다. 행랑채였다. 며칠 동안 집짓기는 계속되었다. 큰 방이 하나, 그 옆에 헛간과 나무대문이 달린 변소가 지어졌다. 안채와 붙여 ㄱ자형으로 지어진 행랑채는 우리 동네서 가장 새 건물이었다. 서른일곱 살인 삼촌은 그렇게 집을 직접 지었다.

행랑채가 다 지어져도 삼촌은 장가를 가지 않았다. 오히려 안채 안방은 할머니가, 윗방은 삼촌과 남동생이 쓰고, 행랑채는 어머니, 여동생과 함께 내가 쓰게 되었다. 우리는 그 방을 건넌방이라고 불렀는데 삼촌은 한 번도 사용한 적이 없다. 여름에는 무척 시원했다. 어머니는 흙벽돌로 지은 집이라 그렇다고 했다. 건넌방은 안방과 윗방을 다 합친 것보다 더 컸다.

우리 집 안방에는 남자 어른들이, 건넌방에는 여자 어른들이 마실 왔다. 건넌방이 생기자 마실꾼들이 더욱 들끓었다. 어머니는 등잔불 밑에서 할머니들이 장날 빌려온 이야기책을 읽었다. 아주머니들과 할머니들은 어머니가 읽어주는 이야기를 들으며 눈물을 흘리기도 했다. 안방에서는 남자 어른들이 전쟁 이야기를 주로 했다. 나는 안방과 건넌방을 넘나들며 이야기를 듣고 숙제를 했다. 그렇게 들었던 이야기를 다음 날 학교 길에서 친구들에게 가공해서 들려주곤 했다.

헛간 옆에 지어진 변소는 마을에서 가장 신식이었다. 대부분 거적으로 변소 문을 해 달았는데, 우리 집은 나무문으로 되어 있었다. 삼촌이 나무를 잘라 톱으로 판자를 켜서 만든 거였다. 우리가 드나들 때 손 다친다고 삼촌이 대패로 밀고 사포질을 해서 반질반질하게 만들었다. 나는 그 문 중간쯤에 우리 셋의 이름을 연필로 썼다. 진하게 여러 번. 그리고 이름에 네모를 치고 아래에 삼남매라 썼다. 삼촌이 그걸 보고 빙긋 웃었다.

우리는 그렇게 지은 건넌방에서 얼마 살지 못하고 이사를 했다. 삼 년도 안 돼 삼촌이 갑자기 세상을 떠났기 때문이다. 그 후 몇 년의 세월이 흘러 그 집에 갔다가 화장실 문을 열어보았다. 여전히 우리 삼남매 이름이 쓰여 있고 네모가 쳐져 있었다. 못질 하나, 나무판 하나, 삼촌의 손길이 안 간 곳이

당신이 있어 따뜻했던 날들

없는 그 집. 나는 견딜 수 없어 바로 나오고 말았다. 주르르 흐르는 눈물을 억지로 참느라 가슴이 저리는 듯 아파왔다.

내가 마흔 살 좀 넘었을 때 집을 황토로 손수 짓겠다고 했다. 방학 때 집 짓는 학교에 입학하여 방법을 배우겠다며. 남편이 대책 없는 용감함이라며 어이없다는 듯 웃었다. 그래도 나는 할 수 있을 것 같았다. 서른일곱 살밖에 안 된 삼촌이 집 짓는 걸 눈으로 봐서 그럴까. 어떤 일이든 할 수 있다는 생각이 먼저 든다. 그리고 보니 삼촌은 내가 평생 지니고 살아야 할 것들을 몸소 보여주었다.

지금까지 나는 어떤 일을 할 때 두려움보다 용기를 갖고 도전한 것 같다. 그러다 보니 내 꿈을 하나씩 이루어 나갈 수 있었다. 망설이거나 안주하려 했다면 해낼 수 없었을 것이다. 그런 도전 정신과 용기를 삼촌에게 배웠다는 걸 이제야 깨달았다.

당신이 있어 따뜻했던 날들

깎은 밤같이

제사나 명절이 되면 삼촌이 맡아하던 게 있었다. 그건 삼촌만 할 수 있는 일이었다. 제물로 올릴 밤을 치는 일이었다. 작은 창칼로 껍질 벗긴 밤을 기가 막히게 톡톡 치면서 예쁘게 깎아놓았다. 깎은 밤톨 같다는 말이 있던가. 야무지고 반듯하면서 깨끗하게 생긴 사람을 일컫는 말이다. 우리 삼촌이 깎은 밤은 꼭 그랬다. 크기조차 일정했다. 애초 크기가 다른 밤이라도 삼촌 손만 가면 기계로 찍어놓은 것처럼 크기와 모양이 똑같았다. 신기할 정도로.

종갓집인 우리는 기제사와 명절을 합해 제사가 아홉 번이나 되었다. 없는 집 제사 돌아오듯 한다는 말처럼, 챙겨야 하는 제사 때문에 할머니와 어머니가 힘들어했다. 일손이 바쁠 때는 내게 제기 꺼내 닦는 일을 시키곤 했다. 그중에서 놋쇠로 만든 촛대와 술잔, 주발, 대접, 수저를 닦는 일이 가장 힘들었다. 기왓장을 곱게 부숴 거친 짚에 묻혀 아시로 닦고 아궁이에서 꺼낸 고운 재로 이듬 닦았다. 그렇게 두 번을 잘 닦고 나면 어머니가 검사를 했다.

제기를 다 닦았을 무렵 할머니는 물에 미리 담가놓았던 밤을 건져 껍질을 벗겨 다시 물에 담가 내주었다. 그 밤은 벌레 먹지 않도록 땅을 깊이 파고 묻어두었던 거였다. 햇밤을 썼던 추석이나 아버지 제사 때를 제외하면. 할머니는 아무도 모르는 곳에 땅을 파고 밤을 묻었다가 제사 때가 되면 꺼내 물에 담가 불리곤 했다. 내가 알려달라고 해도 할머니는 웃기만 하고 알려주지 않았다. 나중에는 알았지만 동생들에게도 말하지 않았고, 나도 꺼내 먹지 않았다. 그쯤에 철이 들었기 때문인 것 같다.

"니 삼촌 갖다 줘라."

할머니의 말이 떨어지면 나는 밤이 담긴 큰 그릇을 들고 방으로 들어갔다. 할머니와 어머니는 부엌에서 제사 음식을 만들고, 우리 삼남매는 안방에 모여 앉았다. 바깥마당에서 땅따먹기나 구슬치기를 하던 동생들이 어떻게 알고 들어왔는지.

당신이 있어 따뜻했던 날들

아마도 집을 향해 촉수를 곤두세우고 있었던 것 같다. 그 이유는 단 하나 쪽밤 때문이다.

내가 밤이 담긴 큰 그릇을 들고 안방으로 들어가면, 삼촌은 손을 씻고 들어왔다. 그리고 다락에서 창칼을 꺼냈다. 작고 날카로운 칼이었다. 윗목에 책상다리를 하고 앉아 의무처럼 밤을 치는 삼촌. 한 치 한 순간 한눈을 팔지 않고 밤과 칼에 집중했다. 그 모습은 연필을 깎아줄 때처럼 경건했고, 숙련된 장인처럼 손이 재면서 섬세했다. 오른손에 칼을 쥐고 왼손 엄지와 검지로 밤을 쥐었다.

삭 삭 삭, 톡 톡 톡, 밤을 치는 소리. 리듬을 탄 삼촌의 까만 더벅머리가 앞뒤로 흔들렸다. 흥겨웠다. 턱 받치고 앉은 우리는 리듬감이 저절로 생겨 고개를 까닥였다. 한쪽 면을 다 치고 나면 밤을 뒤집어 반대쪽 면을 친다. 두 면을 그렇게 친 다음, 넓은 양쪽 면을 사아악, 사아악, 한 칼에 얇게 벤다. 두 번 칼이 가면 흔적이 남기 때문에 한 번에 정확하게 잘라낸다. 완성이다. 뽀얗고 통통하고 흠 하나 없는 밤. 그야말로 탐날 정도로 깨끗한 깎은 밤이다.

삼촌은 이리 보고 저리 보며 만족한 표정을 짓고, 떠다 놓은 깨끗한 물에 슬쩍 넣어 담갔다. 그냥 두면 색깔이 변할까 봐 꼭 물에 담가두었다. 우리는 침을 꼴깍 삼켰다. 하나 둘 셋 깎은 밤이 늘어날수록 시간이 흘렀다. 우리가 기다리는 쪽밤은 나오지 않았다. 그래도 우리 삼남매는 끈질기게 기다렸다.

"우와! 쪽밤이다!"

"언니, 쪽밤이야."

드디어 나왔다. 동생들은 들떠서 입이 귀에 걸렸다. 나는 미소만 지었다. 어쩌다 쪽밤이 나오면 동생들은 환호성을 질렀다. 기다린 보람이 있었다. 쪽밤은 제사상에 못 올랐다. 밤이 온전한 하나로 되어야지 두 쪽 또는 세 쪽으로 나눠져 있으면 안 되는 거였다. 우리가 삼촌 앞에 턱 받치고 끈질기게 기다리고 있는 건 바로 그 쪽밤 때문이었다.

환호성 소리를 듣고도 삼촌은 밤만 쳤다. 속으로는 다행이라고 생각했을지도 모른다. 언젠가는 끝까지 쪽밤이 나오지 않자, 끝에 깎은 밤을 하나씩 나눠준 적이 있으니까.

"자, 한 쪽씩 먹어."

삼촌은 쪽밤이 나오면 껍질을 벗겨 우리에게 공평하게 나눠주었다. 작은 것이지만 맛은 최고다. 작으니까 더 감질나도록

당신이 있어 따뜻했던 날들

맛있는 것 같았다. 그 밤을 조금씩 아껴 먹으며 또 쪽밤이 나오기를 기다렸다. 한 번 또는 두 번 그렇게 쪽밤이 나왔고, 얻어먹는 재미 또한 쏠쏠했다. 막상 제사를 지내고 난 후에는 날밤을 잘 먹지 않았으면서도, 그렇게 쪽밤을 기다렸다. 그건 순전히 재미 때문이었으리라.

그렇게 친 밤을 제기에 차곡차곡 쌓으면, 움직이지 않을 정도로 딱 맞았다. 삼촌의 밤을 치고 쌓는 솜씨가 윗동네까지 소문났다. 그래서 잔칫집이나 시제를 지내는 집에서 초빙해 가곤 했다. 그게 아무나 하는 건 아니었나 보다.

밤을 다 치고 나면, 깎아낸 껍질에 밤의 살점이 붙어 희끗거리는 게 한 무더기씩 나왔다. 아까웠다. 작은 것은 최소한으로 껍질을 벗기고 모양을 다듬었으며, 큰 것은 많이 깎아 작은 것과 고르게 크기를 맞추었기 때문이다. 살점 붙은 밤 껍질이 아까워 집어서 입에 넣고 우물거려보면, 입안에 떫은맛이 가득해 금세 뱉곤 했다.

그렇게 반듯하고 고르게 밤을 치며 삼촌은 그런 사람이 되기를 원했을까. 아니면, 우리 삼남매가 깎은 밤같이 반듯하고 예쁘게 자라기를 바랐을까. 단순한 재주로만 보기엔 석연치 않은 부분이 있어, 고개가 자꾸만 갸웃거려진다.

깎은 밤같이   123

3
무슨 꿈이 있었을까

인정의 욕구가 나는 그 시기에 충족되었다.
그래서 피해의식이나 열등감 없이,
자존감이 있는 사람으로, 자랄 수 있었던 것 같다.
참으로 지난한 삶을 살아왔음에도 불구하고. 남과 비교하지 않고,
내 것이 아닌 것을 탐하지도 않고,
그런대로 정직하게 분수껏 살 수 있었던 것도 그래서였던 것 같다.

산비탈 따비밭

언제부터인지 알 수 없다. 아마도 아버지가 돌아가신 후이리라. 삼촌이 남의 땅을 소작하기 시작한 것이. 소작하는 땅은 아주 작은 다랑이 논 한 배미와 조금 너른 밭, 동악산에 있는 자갈투성이 산밭이 다였다. 다랑이 논 한 배미는 하늘바라기 논이었다. 그 옆에 옹달샘이 있었지만 지나는 나무꾼들이 목을 축이는 정도였다. 조금 너른 평평한 밭에는 밀과 보리, 콩, 조 등의 곡식을 심었고, 동악산 밭에는 담배와 고구마, 감자를 심었다. 그것으로는 여섯 식구 식량이 되지 못했다.

남의 문중 땅이기 때문에 소작료가 따로 없고, 가을걷이가 끝나면 그 문중에서 지낼 시향 제물을 마련해주는 조건이었다. 시향 지낼 때가 되면 할머니와 어머니는 몇 날 며칠 동안 제사음식 준비를 했다. 떡과 나물, 고기, 과일 등 제물을 풍성하게 마련하면, 삼촌이 지게에 지고 문중 산소가 있는 곳으로 갔다. 남의 땅에서 농사를 지어 먹고 사는 입장이니, 그 문중 사람들의 마음에 들게 정성껏 준비했다. 철이 좀 나면서부터 지게에 제물을 지고 집을 나서는 삼촌의 뒷모습이 무척 보기 싫었다. 삼촌이 불쌍하기도 했다. 그래도 할 수 없는 노릇이었다.

추수가 끝나도 삼촌이 객지로 나가지 않은 해였다. 삼촌은 동악산 산밭 건너편 산자락에 화전을 일구기 시작했다. 쟁기나 소가 들어가지도 못하는 산비탈 따비밭이었다. 삼촌은 산주인의 허락을 받았다며, 불을 놓아 잡초와 잡목을 다 태웠다. 그리고 땅이 얼어붙기 전까지 매일 그 산자락에서 살았다. 나무뿌리를 캐내고 돌을 골라냈다. 새참이나 점심을 갖고 가서 보면, 추운 날인데도 이마에 땀이 흥건하게 흘렀다. 따비밭은 제법 넓었다. 내가 돌을 골라내면 다친다며 집으로 가서 공부나 하라고 했다.

땅이 얼어붙자 일을 할 수 없었다. 삼촌은 생각이 많은 듯했다. 팥을 심을 거라고 했다가 깨를 심을 거라고도 했다. 할머니는 거기에 뭘 심을 수 있으려나 모르겠다며 한숨을 쉬었다. 마실 온 아저씨들은 농사가 금세 되지 않을 거니 고구마나 심으라고 했다. 어떤 이는 남의 산에 힘들여봤자 내 것 되지 않는다고 구시렁댔다. 더구나 그 비탈진 밭에 어떻게 농사를 지을 수 있을지 모르겠다며 혀를 찼다. 그래도 삼촌은 개의치 않았다. 거름 충분히 하면 몇 년 후에는 좋은 밭이 될 거라며 싱긋 웃었다.

해동이 되기 무섭게 삼촌은 또 따비밭에 가서 살다시피 했다. 귀룽나무와 오리나무에 움이 돋고 누렇게 말랐던 풀 섶에서 새싹이 얼굴이 내밀었다. 동악산 자락에 진달래와 생강나무 꽃이 필 때쯤 밭이 대략 만들어졌다. 아직 돌멩이가 많고 거친 밭이었다. 풀뿌리와 나무뿌리는 캐고 캐내도 줄기차게 나왔다. 돌멩이도 골라내고 골라내도 여전히 나왔다. 삼촌 손과 발은 볼 수 없을 정도로 거칠어졌다.

첫해에는 그 따비밭에 팥을 심었다. 할머니와 어머니, 삼촌은 더욱 바빠졌다. 동악산 산밭에 담배를 심고, 다른 밭에는 조와 수수, 콩, 보리 등을 심었다. 다랑이 논 한 배미에는 찰벼와 벼를 심었다. 찰벼는 두 줄만 심었는데, 내 생일 즈음 할머니는 그 찰벼를 베어 벼훑이로 나락을 훑어 가을 좋은 볕에 널어 말렸다. 잘 마르면 절구통에 찧어서 껍질을 벗긴 후, 시루에 쪄서 인절미를 만들어주셨다. 시집가기 전까지 떡을 해주면 잘 산다며. 쌀은 많이 나지 않았다. 그래서 우리는 조밥이나 보리밥을 주로 먹었다. 우리들이 자라면서 양식은 해마다 더 모자랐다. 그해에 따비밭에서 나온 팥 수확은 형편없었다. 삼촌은 내년이면 더 나을 거라며 웃었다.

그렇게 힘들여 만든 밭이지만 삼촌은 몇 년밖에 농사를 짓지 못했다. 이태나 지었나 싶다. 삼촌이 장사를 하게 되면서 밭농사를 할머니와 어머니가 다 할 수 없었고, 그 다음해에 삼촌이 바로 우리 곁을 떠났기 때문이다. 마실꾼 아저씨들 말처럼 삼촌이 세상을 떠나자, 그 밭은 당연하다는 듯 땅주인의 밭이 되었다. 그토록 땀 흘려 만든 밭이지만 우리와 아무 상관이 없었다. 더구나 그나마 십여 년 동안 소작하던 땅도 내놓게 되었다. 남자가 없으니 내놓으라는 거였다. 어머니와 할머니가 사정해도 소용없었다. 그 후 몇 년 동안 우리의 생활은 극도로 가난해졌다. 할머니와 어머니가 남의 집 품을 팔아 호구를 해결해야 했으니까.

당신이 있어 따뜻했던 날들

작년에 고향집에 갔다가 동생과 함께 동악산 쪽으로 산책을 나갔다. 한걸음, 한걸음, 옮길 때마다 옛날 생각이 나서 가슴이 두근거리고 먹먹했다. 삼촌의 발자국이 찍힌 길, 지게를 지고 오르내린 산자락이었다. 담배를 따서 지고 내려올 때 얼마나 다리가 후들댔을까. 앞이 보이지 않는 암담한 현실에 절망하지 않았을까. 그래도 우리를 보면 웃어주던 삼촌. 저만큼 지게를 지고 걸어가는 삼촌의 환영이 어른거렸다.

"저기 좀 봐. 생각나니? 저 따비밭."

내가 가리키는 산비탈을 동생이 쳐다보았다.

"어디, 언니. 저기 왜요?"

"넌 어려서 기억 안 날지 몰라. 저 산비탈, 삼촌이 일군 따비밭이었어."

"아, 어렴풋이 생각나요. 근데 왜 저렇지?"

그냥 산이다. 밭이었다는 흔적조차 없었다. 오십 년이나 묵었으니 흔적 없는 건 당연했다. 잡목과 칡넝쿨이 풀과 뒤섞여 우거져 그냥 산이 돼버렸다. 저 땅속에 우리 삼촌이 흘린 땀과 꿈이 스며들어 있을 텐데. 어찌 저리 되었을까. 모든 게 무상하다는 생각만 들었다.

동생에게 기억나는 몇 가지 이야기를 들려주었다. 우리가 이렇게나마 그 땀과 꿈을 기억해야 하지 않을까 싶었다. 소박하지만 더없이 숭고했던 삼촌의 그 삶을.

당신이 있어 따뜻했던 날들

허세일까, 배짱일까

삼촌은 허세가 있었던 것도 같고, 배짱이 있었던 것 같기도 하다. 그 둘 모두 우리 때문이긴 하지만. 그렇다면 허세든 배짱이든 조카에 대한 삼촌의 사랑으로 해석해야 맞을 것 같다.

초등학교 때 운동회가 열리면 삼촌은 내빈석에 앉아 있곤 했다. 운동장 앞쪽 단상 바로 밑, 차일이 쳐지고 의자가 놓인 내빈석. 그 내빈석 앞에 붙은 찬조금 액수와 이름이 쓰인 긴 종이. 만국기가 나부끼는 운동장. 의젓하게 한 자리 차지하고 앉아 있는 우리 삼촌. 우리 마을과 윗마을을 통틀어 내빈석에 앉은 사람이 몇 되지 않았다. 거의 읍에서 나온 사람들과 학교 근처 마을 사람들이었다.

사실 우리는 찬조금을 낼 만큼 살림이 여유롭지 못했다. 그런데도 내빈석에 앉았던 걸 보면 삼촌은 찬조금을 얼마라도 냈었나 보다. 그것도 총각인 삼촌이 근엄해 보이는 어른들과 함께 의자에 앉아 있었다. 친구들이 니네 삼촌 맞지? 하면서 아는 체하면, 달리기가 더 잘 되는 것 같았다. 그때는 잘 몰랐다. 어른이라면 누구라도 내빈석에 앉을 수 있는 줄 알았다. 얼마가 되었든 찬조를 해야 앉을 수 있다는 걸 어른이 되고서야 알았다.

그렇게 앉아 있다가 '손님 찾기' 같은 달리기 게임에서, '아버지 손 잡고 뛰기'가 나오면 너무도 순진한 나는 머뭇거렸다. 삼촌이 아버지는 아니니까. 머뭇대며 내빈석 앞으로 가면 삼촌이 얼른 뛰어나와 내 손을 잡고 뛰었다. 뛰면서도 정직하지 못한 것 같아 삼촌의 안색을 살폈다. 성적통지표에는 언제나 보호자란에 삼촌의 도장이 찍혔고, 당연히 삼촌에게 도장을 받았는데. 운동회 날 '손님 찾기'에서 아버지 대신 삼촌 손을 잡고 뛰는 건, 정당하지 못한 듯해 머뭇거렸다. 나는 답답할 정도로 순진하고 정직한 아이였다.

그런 날은 운동회 끝나고 집에 오면 삼촌을 슬금슬금 피했다. 이유를 잘 모르겠다. 아무튼 뭔가 석연치 않은 느낌 같은

당신이 있어 따뜻했던 날들

게 있었다. 예민하고 소심한 내 성격 탓일 거다. 막걸리를 한 잔 걸치고 온 삼촌은 나를 보고 실없이 자꾸 웃기만 했다. 왜 꼭 '아버지 손 잡고 뛰기'라고 했을까. '남자어른 손 잡고 뛰기'라고 하면 안 되었을까. 하긴 그렇게까지 세밀하게 사람의 마음을 배려하는 때는 아니었으니.

심지어 '가정환경조사'를 할 때 가장 힘들었던 게 있다. 담임 선생님이 "아버지 없는 사람 손들어" 할 때였다. 물론 "어머니 없는 사람 손들어"도 했다. 그때 어머니가 돌아가신 친구는 머뭇거리다 가만히 손을 들곤 했다. 반 친구들이 보는 데서 지극히 사적인 부분이 노출된다는 게 너무도 싫었다. 아이들의 인권까지 고려할 만큼 성숙하지 못한 시대였다. 삼촌은 우리 삼남매가 아버지 안 계신 것 때문에 주눅 들지 않게 하려고, 찬조금을 내며 허세를 부린 건지도 모르겠다.

초등학교 졸업식 날이었다. 우리 집에서 삼촌만 졸업식에 참석했다. 갈색 스웨터에 검은색 코트를 입고 목도리를 한 삼촌이 뒤에 앉아 있었다. 키가 커서 금세 눈에 띄었다. 몇 번이고 뒤를 돌아다보았다. 삼촌은 나와 눈이 마주치면 빙긋 웃었다. 그리고 앞을 보라고 손짓을 했다. 졸업식이 시작되면서

한 번도 뒤를 돌아다보지 않았다.

졸업식에서 내가 성적 우수상을 받았다. 삼촌이 흐뭇해하며 내 머리를 쓰다듬었다.

"먼저 집으로 가. 삼촌은 일 좀 보고 갈게."

끝나고 나서 삼촌이 약간 들뜬 목소리로 말했다. 나는 고개를 끄덕였다. 의아했다. 같이 갈 줄 알았는데. 약간 섭섭하기도 했다.

집으로 돌아오는 길이 무척 추웠다. 연곡에서 불어오는 산바람은 매서웠다. 졸업식이라고 해서 외식하는 일이 좀처럼 없는 시골이었다. 할머니가 삼촌과 함께 안 왔냐고 물어도 고개만 끄덕였다. 그 이유를 안 건 저녁 밥상머리에서였다.

"졸업식에 온 사람들에게 막걸리를 냈어요. 상을 받았으니 그냥 올 수가 있어야죠. 히힛."

삼촌은 할머니에게 말하며 연신 웃었다. 저녁밥을 먹는 둥 마는 둥 하고. 내 머리도 쓰다듬었다.

"윗동네와 우리 동네에서 상 탄 아이는 쟤 하나예요. 하하."

"배짱도 좋다. 잘했어!"

삼촌의 웃음에 할머니도 빙긋 웃으며 맞장구를 쳤다. 어머

당신이 있어 따뜻했던 날들

니도 살짝 미소 지었다. 그제야 섭섭했던 내 마음도 풀렸다.

저녁에 마실꾼들이 놀러오자 무용담처럼 신이 나서 내 자랑을 했다. 졸업식에서 상을 탔다고. 위아래 동네에서 오직 나만 탔다고. 자식 자랑은 팔불출이나 하는 거라는데, 삼촌은 조카니까 괜찮았을까.

인정의 욕구가 나는 그 시기에 충족되었다. 그래서 피해의식이나 열등감 없이, 자존감이 있는 사람으로, 자랄 수 있었던 것 같다. 참으로 지난한 삶을 살아왔음에도 불구하고. 남과 비교하지 않고, 내 것이 아닌 것을 탐하지도 않고, 그런대로 정직하게 분수껏 살 수 있었던 것도 그래서였던 것 같다. 자신감이 결여되지 않은 것 또한 지지와 기대를 들고 받으며 자란 덕분일 거다. 허세일지 배짱일지 모르는 삼촌의 행동 덕분에, 나의 유년 시절은 유복했다. 참으로 따뜻했다.

혼수이불 보따리

막내고모 혼수이불을 꿰매던 날이었다. 아침부터 조금씩 내리던 비가 오후에는 진눈깨비로 바뀌었다. 안방에는 이불 꿰매러 온 마을 할머니와 아주머니들이 가득했다. 윗방에는 구경 온 사람들까지 앉아 있었다. 어머니는 부엌에서 음식을 만들고, 삼촌은 보이지 않았다. 동생들은 공연히 신이 나서 이불 꿰매는 방에 들락거렸다.

아랫마을 사는 큰고모가 지난 장날 끊어 온 이불 겉감을 가지고 왔다. 할머니는 몇 년 전부터 동악산 산밭 한쪽에 목화를 심었다. 나는 밭에 갔다가 목이 마르거나 시장하면 이제 막 여물어지고 있는 목화 열매를 따서 쪽쪽 빨아 먹었다. 달달하면서 시원한 물이 나왔는데, 할머니는 한두 개 따는 건 가만두어도 더 따면 못 하게 하셨다. 다 여물어 하얗게 솜이

당신이 있어 따뜻했던 날들

피면 그걸 따서 목화씨를 빼냈다. 고모 시집가면 쓸 솜이라며.

그렇게 해마다 마련한 솜뭉치를 솜틀집에서 틀어 다락에 넣어두었는데, 그것을 꺼내놓았다. 뽀얗고 몽실몽실한 이불솜. 할머니는 솜을 꺼내놓으며 이불을 큼직하게 만들라고 했다. 이웃집 할머니가 신랑 키가 작던데 클 필요 없다고 하자, 왁자한 웃음소리가 작은 집안에 가득 찼다. 그래도 자다가 발이 나오면 안 된다는 할머니 말에 방 안에 있던 어른들이 또 웃어댔다.

가장 복이 많은 사람이 바늘에 실을 아주 길게 꿰어, 첫 한 땀을 떴다. 아들 많이 낳고, 집안에 우환이 없는 이웃집 아주머니였다. 이불 한 채는 여러 사람들 손에서 순식간에 만들어졌다. 할머니는 커다란 보자기에 정성껏 이불을 개켜서 쌌다. 할머니는 웃지 않았고, 오히려 굳은 표정이었다. 옆집 할머니가 우리 할머니 어깨를 다독여주었다. 가서 잘 살면 된다고, 틀림없이 잘 살 거라고 하면서. 할머니는 조용히 고개만 끄덕였다.

잠시 후 어머니가 밥상을 들여왔다. 나물 몇 가지와 배추된장국으로 차린 소박하지만 정갈한 밥상이었다. 어머니가 우리들을 건넌방으로 불렀다. 거기에도 밥상이 차려져 있었다. 이상한 것은 동네 사람들은 기분이 좋은 것 같은데, 할머니와 어머니는 그렇지 않은 것이었다. 신났던 동생들도 어머니 눈치를 살폈다. 알고 보니 고모 결혼식에 아무도 가지 못한다는 거였다. 할머니는 막내딸 결혼식을 보러 가지 못하고 삼촌만 참석한다고 했다.

사람들이 다 돌아가고 안방에는 이불 보따리 하나만 덩그러니 남았다. 삼촌이 들어왔다. 삼촌은 다른 날과 달리 우리를 보고 아무 말도 하지 않고, 윗방으로 올라가 코트를 입고 내려왔다.

"밥 한 숟갈 뜨고 갈래?"

할머니의 물음에 삼촌은 고개를 젓고 혼수이불 보따리를 휙 들어 어깨에 메었다. 그리고 말없이 마당으로 내려섰다. 밖에는 진눈깨비가 그치고 자취눈이 내리고 있었다. 안방에서 본 것과 달리 어깨에 짊어진 이불 보따리가 자그맣게 보였다. 할머니는 조심해서 다녀오라며 눈물을 질금거렸다. 어머니도

당신이 있어 따뜻했던 날들

행주치마로 눈물을 닦았다. 나도 기분이 울적해져서 삼촌의 뒷모습만 망연히 바라보았다.

지난번에 건넛집 친구 고모는 집에서 혼인잔치를 했다. 연지 곤지 찍은 친구 고모를 보고 묘한 기분이 들었다. 키가 조금 자란 것도 같고 가슴이 두근거리는 것도 같았다. 우리 고모도 그렇게 시집갈 줄 알았는데. 일찍부터 서울에서 객지 생활하던 고모였다. 어머니는 고모가 신식으로 서울에서 결혼식을 하는데 차비와 입고 갈 옷이 마땅치 않아, 삼촌 혼자 간다고 했다. 그제야 할머니와 어머니가 눈물을 질금거린 이유를 확실하게 알았다. 물론 어렴풋이 짐작을 했었지만.

저벅저벅 마당을 가로질러 사립문 밖으로 나가는 삼촌의 뒷모습이 쓸쓸해 보였다. 그때부터였을까. 이상하게도 나는 뒷모습에서 그 사람의 마음이 보인다. 그건 대부분 쓸쓸함이거나 외로움이었다. 별로 설득력 없는 시각일 수 있다. 아무튼 그 쓸쓸함과 외로움 때문에, 나는 모든 사람이 외롭다고 생각하게 되었다. 때로는 남에게 쓸데없이 친절하게 대하는 것도 그 이유에서다. 서로에게 있는 외로움의 크기를 어떻게든 작게 해보려는.

삼촌은 뒤돌아보지 않고 바깥으로 걸어 나갔다. 울었을까. 참담했을까. 미안했을까. 분명히 좋은 일이고 축복해야 할 일인데, 그걸 마음껏 표현하지 못하는 마음이 어떠했을까. 하나밖에 없는 여동생의 결혼식에 참석하기 위하여, 혼자 가는 발걸음이 가볍지 않았으리라. 혼수를 제대로 해주지 못하고 겨우 이불 한 채 해서 메고 가는 발걸음이었으니. 서울에서 번 돈을 모두 집에 보냈던 고모였다. 그래서 삼촌은 말을 하지 않았던 것 같다.

삼촌이 서울로 떠난 후 어둑해질 때까지 우리는 저녁을 먹지 않았다. 할머니는 문에 달린 손바닥만 한 유리를 통해 바깥을 응시하며, 애꿎게 화롯불만 인두로 다독거리며 들들 볶았다. 동생들이 배고프다고 보채자 그제서 저녁상이 들어왔다. 이불 꿰매고 난 후 먹고 남은 밥과 나물이었다.

잠자리에 누웠다. 잠이 오지 않고 얼마 전 고모와 함께 인사를 왔던 고모부 생각이 났다. 자그마한 키에 예쁘장한 얼굴, 친절하고 상냥한 모습이. 뒷산의 부엉이 울음소리와 함께 문풍지도 응응 소리를 내며 울었다. 그날 겨울을 재촉하는 눈이 새벽까지 내렸다. 발자국을 남길 정도의 서설이.

당신이 있어 따뜻했던 날들

남긴 밥, 한 숟가락

　　삼촌이 장에 가거나 건넛마을로 노름을 하러 간 날이면, 우리는 삼촌이 들어올 때까지 기다리곤 했다. 그 날도 그랬다.

　화로에는 뚝배기에 담긴 된장찌개가 끓다가 지쳐 졸아졌다. 할머니는 몇 번이나 화로에서 뚝배기를 내렸다 올렸다 했다. 그래도 안 되면 자리끼로 떠다 놓은 숭늉을 조금 붓고 수저로 휘휘 저었다. 그러고는 화롯불을 돋우고 삼발이 위에 올려놓았다. 다시 또 찌개가 거무스름하고 둥근 뚝배기 속에서 보글보글 끓었다. 방바닥에 엎드려 숙제를 하고 책을 읽어도 삼촌은 오지 않았다. 어머니는 흐릿한 등잔불 아래서 뜨개질을 하거나 바느질을 했다. 삼촌을 기다리던 동생들은 꿈나라로 간 지 오래다.

"에미야, 자거라. 얘 오면 내가 밥 차려주마."

"어머님 먼저 주무세요. 도련님 오시면 제가……."

할머니와 어머니는 서로 먼저 자라고 했지만 아무도 자는 사람은 없었다. 방바닥에 엎드려 공부하던 나만 배가 따뜻하고 나른해 잠이 들었다.

달그락 달그락 밥그릇에 수저 부딪치는 소리가 들렸다. 잠에서 깨어났다. 삼촌이 안방 윗목에 앉아 밥을 먹고 있었다. 새근새근 잠자는 두 동생들, 등잔불 심지를 돋우는 할머니, 바느질하는 어머니, 문풍지를 흔들어대는 바람, 뒷산의 부엉이 울음소리, 깊은 겨울밤 우리 집 풍경이다. 일어나 앉았다. 삼촌이 힐끗 쳐다보았다.

"왜, 안 자구. 삼촌 때문에 깼니?"

누런 놋주발에 담긴 밥을 삼촌은 달게 먹었다. 그 깊은 밤까지 저녁밥을 먹지 못하고 무엇을 하다 온 건지 아무도 묻지 않았다. 그저 밥 먹는 삼촌을 할머니와 함께 물끄러미 바라볼 뿐이었다. 삼촌 밥주발은 놋쇠로 만든 거였다. 삼촌이 늦게 들어오는 날이면 할머니는 밥주발을 아랫목 이불 속에 넣었다. 그러다 삼촌이 오면 꺼냈다. 일본 사람이 빼앗아 가려

당신이 있어 따뜻했던 날들

고 눈이 벌게 돌아다녀도 안 뺏겼다는 놋주발, 땅을 깊이 파고 묻어두었기 때문이라는 그 놋주발이었다.

삼촌은 언제나 밥을 남겼다. 동생들은 그 밥을 기다렸다. 저녁을 먹었지만 그게 재미였다. 딱히 주전부리할 것 없던 시절, 삼촌이 남겨주는 밥은 주전부리 같은 거였다. 삼촌이 먹은 밥상을 뒤로 밀어내고 숭늉을 마시면 동생들은 삼촌을 빤히 쳐다보았다. 삼촌이 씩 웃으며 니들 먹어라 하면, 동생들은 득달같이 달려들어 남은 밥을 먹었다. 내 차지가 될 때는 없었다.

그날도 삼촌은 밥을 남겼다. 동생들이 잠들었는데도. 삼촌은 밥상을 밀며 숭늉을 마셨다. 입에 가득 숭늉을 머금고 부글부글 가글했다가 꿀꺽 삼키고, 벽에 기대 앉으며 말했다.

"어서 먹어. 애들 잘 때."

"저녁 배부르게 먹었는데 뭐 하러 남기세요. 마저 드시잖구요."

어머니가 내게 눈짓하며 눈치를 주었다.

"언제 큰애 차지가 되나요? 먹어라, 어서."

"그래, 한 숟갈인데. 네가 먹어치워라."

삼촌과 할머니의 말이 나긋나긋하면서 따뜻하게 들렸다.

잠이 덜 깬 눈을 비비며 밥상 앞으로 다가앉았다. 할머니가 삼촌 숟가락을 숭늉에 씻어 치맛자락에 슬쩍 문대주었다. 어머니는 아무 말 없이 바느질만 하고 있었다. 어른들의 도란거리는 이야기를 들으며 삼촌이 남긴 밥을 처음으로 먹었다. 달고 맛있었다. 우리들 밥보다 쌀이 더 많이 들어간 밥은 입안에서 살살 녹았다. 좁쌀이나 보리가 대부분 차지하던 우리의 밥이었는데. 그래서 동생들은 삼촌이 남긴 밥을 기다렸던 것일까. 어머니는 가장에 대한 예우를 그렇게 했던 것 같다.

그날 이후 삼촌이 남긴 밥을 먹었던 기억은 없다. 삼촌은 여전히 밥을 남겼지만 동생들 차지였고, 그 밥을 내가 탐한 적도 없었다. 그러나 할머니가 남긴 밥을 먹을 때는 자주 있었다. 특히 새참을 내갈 때였다. 할머니가 드실 새참은 삶은 국수나 밥 또는 감자 등이었다. 할머니도 삼촌처럼 밭으로 내간 새참을 꼭 남겼다. 같이 먹자고 하셔도 나는 먹지 않았다. 남겨주시면 먹었지만. 그때도 집에서 먹던 밥이나 국수보다 더 맛있었다. 할머니나 삼촌이 남겨준 밥이 사랑이기 때문일까.

　다른 것은 몰라도 나는 밥을 버리지 못한다. 엊그제 식당에서 손대지 않은 내 밥을 싸달라고 했다. 함께 있던 사람들이 그까짓 밥을 뭐 하러 싸 가느냐고 했다. 아무리 먹고사는 것이 풍족한 세상이라 해도, 나는 밥을 버릴 수 없다. 한 숟가락 밥이라도 남겨 사랑을 표시했던 사람들의 마음을 기억하기 때문이다. 그 따뜻한 마음을.

남긴 밥, 한 숟가락

무슨 꿈이 있었을까

삼촌의 꿈이 무엇이었을까. 우리 삼남매 키우고 가르치는 것 말고 무슨 꿈이 있었을까. 결혼해서 자식을 낳아 키우고 싶진 않았을까. 솔직히 삼촌의 꿈을 생각해본 적이 없었다. 지금에 와서, 이미 모든 게 끝나버린 지금에 와서, 그걸 생각하는 게 무슨 소용이 있을 거라고. 하지만 한 번쯤은 내 기억의 가장 아랫목에 있는 작은 알갱이라도 건져 올려, 삼촌의 꿈을 더듬거려보고 싶었다. 그게 맞을지 빗나갈지 알 수 없어도.

초등학교 6학년 때니까, 1969년 늦가을 어느 날이었다. 학교에서 돌아오니 삼촌 혼자 윗방에서 다리에 약을 바르고 있었다. 콧노래까지 흥얼거리며. 삼촌은 오래전부터 왼쪽 다리에 부스럼이 심했다. 남동생이 함께 자는데 이상이 없는 걸 보면 전염되는 부스럼은 아니었다. 삼촌은 가끔 그 부스럼 딱지를 모두 떼어내고 약을 바르곤 했다. 그래도 잘 낫지 않았다. 딱히 아프다고 하지 않았는데.

"삼촌, 뭐 해?"

"응, 약 바르지."

또 콧노래를 흥얼거렸다. 콧노래, 좀체 하지 않던 행동이었다. 이상한 생각이 들었다.

"삼촌, 왜 그래?"

"이거 봐. 삼촌 서독에 가려고."

삼촌이 옆에 있던 종이를 내게 건넸다. 서독에 파견될 광부 모집 광고지였다. 좀 들뜬 듯했다. 고개까지 갸웃거리며 노래를 흥얼대는 걸 보면. 갑자기 가슴이 휑하고 울적해졌다. 삼촌 없이 우리끼리 어떻게 사나 싶었다.

"진짜?"

"응. 면접만 보면 된대. 삼촌 다리 때문에, 괜찮을까? 설마 이 부스럼 때문에 안 된다고 하지 않겠지?"

부스럼 딱지를 떼어내고 약을 바른 왼쪽 다리는 불긋불긋했다. 바짓가랑이를 내리고 앉은 채 삼촌은 다시 광고지를 꼼꼼

하게 들여다보았다.

"삼 년만 있다 올게. 그동안 할머니 엄마 말씀 잘 듣고, 동생들 잘 돌봐야 해. 삼촌이 돈 많이 벌어가지고 와서 너희들 대학까지 보내줄 거야. 가봐서 있을 만하면 한 십 년 있을지도 몰라. 삼촌이 월급 꼬박꼬박 부쳐줄게. 훗."

가볍게 웃는 삼촌의 웃음이 들뜬 것 같으면서도 쓸쓸해보였다.

그날 이후 삼촌은 읍에 자주 나갔다. 양복을 입고 나간 날이 있고, 점퍼 차림으로 나간 날도 있었다. 어느 날은 기분이 좋은 듯했고 어느 날은 약간 초조한 듯했다. 가끔 할머니와 약간의 언쟁을 하기도 했다. 어머니는 한숨만 자꾸 쉬었다.

나는 중학교 입학시험 준비를 하느라 나름대로 힘들었다. 삼촌이 서독에 갈 걸 생각하면 마음이 허전해서 공부가 잘 안 되었다. 그러다가도 대학교까지 갈 생각을 하면, 가슴이 빵빵해지는 것처럼 부풀기도 했다. 그 두 마음으로 어지러울 때 지도책을 펴고 서독을 찾아보았다. 짐작할 수 없을 만큼 먼 거리에 독일이 있었다. 그러면 저절로 도리질이 되었다.

"괜히 헛바람 들지 말고, 소작이나 더 할 게 있나 알아봐!"

당신이 있어 따뜻했던 날들

어느 날 삼촌과 조금씩 언쟁을 하던 할머니가 강하게 말씀하셨다.

"엄니는 뭘 좀 한다면 쌍지팡이 먼저 짚고 나선단 말이에요. 그러니 뭐가 되겠어요. 에잇!"

삼촌이 화를 내며 방문을 휙 열고 나갔다. 어머니가 내게 눈짓을 했다. 살며시 따라 나갔다. 삼촌은 부엌 모퉁이를 돌아 담배 건조실 쪽으로 갔다. 굴뚝 뒤에 가만히 서서 지켜보았다. 건조실 앞 판자에 앉은 삼촌은 주머니를 뒤적거리더니 담배를 꺼내 물었다. 내가 얼른 부엌 부뚜막에 있는 성냥을 갖고 다가갔다. 성냥을 건네자 삼촌이 빙긋 웃으며 담배에 불을 붙였다. 쭉 빨아들였다가 하늘을 향해 연기를 훅 내뿜었다. 한숨과 함께.

"삼촌, 서독 안 가는 게 좋겠니?"

한숨을 길게 쉬고 내게 물었다.

"응. 가지 마!"

"왜? 돈 많이 벌어 오려고 했는데?"

"그래도 가지 마! 할머니랑 싸우지도 말고."

삼촌이 다시 또 담배 연기를 하늘에 대고 내뿜었다.

"다리 부스럼 때문에 가지도 못할 것 같아."

삼촌은 넋두린지 내게 하는 말인지 알 수 없게 중얼중얼 댔다. 눈에 물기가 어리는 것도 같았다. 나는 안도감이 들면서 약간 서운한 마음도 들었다. 삼촌과 헤어지지 않는다는 안도감이 더 컸지만.

결국 서독에 가지 못했다. 그때 삼촌이 서독으로 갔다면 우리 모두의 인생이 달라졌을까. 한치 앞도 알 수 없는 게 인생이다. 어떤 일을 계기로 완전히 다른 삶을 살 수도 있으니까. 어쩌면 삼촌이 그렇게 일찍 세상을 떠나지 않았을지도. 할머니의 만류 때문에 안 간 건지, 부스럼 때문에 못 간 건지, 정확하게 알지 못한다.

서독에 광부로 가서 돈을 많이 버는 게 삼촌의 꿈이었을까. 돈을 벌어 땅 사고 장가가는 게 꿈이었을까. 무슨 꿈을 꾸었는지 알 수 없다. 짐작도 할 수 없다. 그러나 무슨 꿈이든 가졌던 것만은 확실하다. 그리고 그 꿈의 중심에, 우리 삼남매가 있었으리란 건, 더더욱 확실하다.

당신이 있어 따뜻했던 날들

맞선 보던 날

삼촌은 여러 번 맞선을 보았다. 며칠째 이웃 동네 할머니나 아주머니가 우리 집에 드나들며 할머니와 이야기를 두런거리고 난 후, 삼촌은 삼거리에 있는 이발소에서 머리를 깎고 수염도 밀었다. 그리고 아침 일찍부터 포마드를 머리에 바르고 양복을 입었다. 점퍼를 입은 삼촌에게 이웃집 아저씨 양복을 빌려와 갈아입으라고 성화를 댄 사람은 어머니였다. 어떻게든 장가를 보내고 싶은 마음은 할머니나 어머니나 같았을 테니까.

삼촌이 선을 보는 날이면 나는 약간 우울했다. 물론 좋기도 했다. 설명할 수 없는 이상한 감정이 나를 휩싸고 돌았다. 삼촌은 그런 내 기분을 알기라도 하는 듯, 나갈 준비를 하면서 내 머리를 몇 번이고 쓰다듬었다. 빙긋 미소를 지으며. 그래도 마음이 안 놓이는지 삼촌은 너희들만 있으면 그만이다, 라고도 했다. 버스를 타러 가는 삼촌을 정류장까지 따라간 적도 있었다. 그때도 기분이 참 묘했다. 삼촌이 선을 보는 날이면 공연히 입맛이 없고, 공부도 되지 않아 하릴없이 들길을 걷기도 했다.

수차례 선을 본 끝에 마땅한 사람이 나타났다. 몇 번이나 삼촌은 그 여인을 만났고 둘이 사진도 찍었다. 사진을 본 할머니와 어머니는 인중이 길고 이마가 훤하니 됐다고 했다. 그 말의 뜻을 잘 이해하지 못하는 나였으나 삼촌이 이제 장가갈 것만 같았다. 설레면서도 서운한 마음이 드는 게 솔직한 심정이었다. 이제 결혼 날짜만 잡으면 될 정도로 진척되고 있었다. 삼촌 얼굴에 화기가 돌고 평소보다 자주 웃었다. 농사일도 더 열심히 했다.

그러던 어느 날 할머니와 어머니 삼촌 셋이서 무슨 이야긴지 두런두런 밤늦도록 했다. 홀로 된 형수와 늙은 어미, 더구나 조카들 셋을 책임져야 한다는데 누가 오겠느냐는 할머니. 우리 걱정은 하지 말라니까 왜 그러냐는 어머니. 두 분의 통바리에 결국 삼촌은 화를 버럭 내고 말았다. 얼굴이 벌겋게 달아올라 노을빛 같았다. 방바닥에 엎드려 공부하던 내가 깜

짝 놀라 빤히 삼촌을 쳐다보았다.

"삼촌은 너희들만 있으면 돼, 알았지?"

삼촌은 소리친 것이 민망해서인지 슬쩍 미소를 머금고 내 머리를 쓰다듬었다. 얼굴도 살짝 쥐었다 놓았다. 삼촌 손이 유난히 뜨거웠다. 나는 고개를 숙이고 책에 눈길을 두었지만 글자는 들어오지 않았다. 눈물이 나려는 듯 눈이 슴벅거렸다. 사진까지 찍은 그 여인과도 그렇게 끝이 났다.

지금도 가지고 있는 사진 중에 반쪽짜리 사진이 있다. 그 여인과 찍었던 사진이다. 거기서 여인 사진만 잘라내고 삼촌만 남았다. 여인의 어깨가 약간 남아 있는. 삼촌은 근엄하면서도 멋지게 생긴 모습이다. 옆집 아저씨에게 빌려 입은 까만색 양복은 삼촌에게 잘 어울렸다. 내가 가위로 오렸으니 여인의 모습도 어렴풋이 생각난다. 복스러운 얼굴에 구불구불한 머리카락이 풍성했다. 삼촌 사진을 버리기 아까워 그 여인이 찍힌 부분만 오려 불이 훨훨 타는 아궁이에 조심스럽게 넣었는데.

생각해보면 나도 참 별난 아이였다. 그 사진에서 그녀의 얼굴을 오려내고 조심스럽게 불 속에 넣은 걸 보면. 그때 초등학교 6학년이었으니 만남과 이별의 복잡한 감정을 이해할 수도 없었을 텐데. 아무튼 훨훨 타는 불 속에 그녀의 사진을 넣으며 미안한 마음을 가졌던 것 같다.

그 후 삼촌이 또 선을 보러 읍으로 나갔다. 저녁이 다 되었을 때, 약간 술기운이 도는 얼굴로 들어왔다. 나와 동생들은 마당에서 사방치기 놀이를 하고 있을 때였다. 우리는 우르르 삼촌에게 달려들었다. 삼촌 손에는 눈깔사탕이 들려 있었다. 동생들은 사탕을 싼 신문지를 헤쳤고 나는 물었다.

"오늘도 퇴짜 맞았어?"

"그래, 삼촌 퇴짜 맞았다. 좋으냐? 흐흣."

삼촌은 뭐가 좋은지 웃으며 열세 살이나 된 나를 번쩍 안아 올렸다. 늘 동생들만 안아 올렸는데, 그날은 나였다.

"삼촌은 말이야, 너희들만 있으면 그만이야! 다 필요 없어."

삼촌 입에서 모처럼 술 냄새가 풀풀 풍겼다.

그날 저녁 밥상을 물린 후 어머니가 부엌에서 설거지를 하는 동안 할머니와 삼촌이 주고받는 말을 들었다. 이번에 선을 본 사람은 할머니를 모시고 살 수 있어도 어머니와 우리들을 책임질 수 없다고 했단다. 어린 마음에도 가슴이 답답해졌다. 문을 살짝 열고 나가 부엌으로 갔다. 어머니는 아직 설거지를 하고 있었다. 우리는 외갓집에 가서 살면 안 되느냐고 말했다. 어머니는 쓸데없는 소리 말고 숙제나 하라고 했다.

그날 이후 어머니가 이상해졌다. 잠을 자다 깨보면 학교에서 쓰는 걸레를 만들고 있었다. 걸레가 수북하게 많은데도 자꾸 만들었다. 느낌이 이상해, 잘 때도 어머니의 치마 끝을 살짝 쥐고 잠이 들곤 했다. 아무래도 어머니가 집을 나갈 것만 같아서.

그러던 어느 날 어머니가 내게 살짝 말했다. 동생들 잘 보살피고 할머니 말씀 잘 듣고 있으면 데리러 오겠다고. 어머니는 외가 근처에 외삼촌의 도움으로 한복집을 내게 되었다는 것이다. 나는 안 된다고 울었고 그 말을 삼촌에게 하고 말았다. 삼촌에게 절대 말하면 안 된다는 당부를 어기고. 삼촌과 할머니를 떠나서 살 수 없을 것 같았기 때문이다. 우리 여섯 식구는 합체되는 로봇처럼 하나였던 것 같다.

삼촌이 그렇게 화를 내는 걸 본 적이 없다. 어머니에게 소리소리 지르며 나가려면 지금 당장 나가라고, 애들도 다 데리고 나가라고, 밥상을 마당으로 내던지고 이불을 내던졌다. 얼마 되지 않는 살림을 다 부숴버릴 듯이 던지고 부수며 고함을 쳤다. 할머니와 어머니가 삼촌에게 싹싹 빌며 울었고 삼촌도 울었다. 동생들과 나도 울었다. 온 식구가 초상 난 집처럼 울어대서 이웃집 아주머니들이 몰려와 말리고 달랬다. 그 후 어머니는 우리를 데리고 집에서 나갈 생각을 하지 못했다.

다음 날은 언제 그랬냐는 듯 같이 밥을 먹었고, 우리를 가운데 두고 웃었다. 삼촌은 마실꾼이 오는 밤이면 내가 타 온 상장을 내보이며 자랑했다.

당신이 있어 따뜻했던 날들

형부 눈이 빨개서

어른들에게 꾸중은커녕 이래라 저래라 소리조차 듣지 않고 자란 나였다. 알아서 일어나고, 알아서 숙제하고, 알아서 집안일을 거들었다. 집안일이래야 동생 돌보기, 청소하기, 심부름하기, 아주 가끔 점심이나 저녁밥 준비하기 정도였다. 그 시절 다른 집처럼 농사일이 많지 않았고 식구까지 단출했다. 더구나 어머니는 자식들에게 뭐든 잘 시키지 않는 분이었다. 없는 살림이었지만 사람을 귀하게 여기며 사는 게 우리 집 분위기였다. 그런데 꾸중을 들었다. 그것도 조카 바보인 삼촌에게.

중학교에 입학하고 얼마 되지 않아서였다. 당시 나는 어머니 육촌오빠 딸의 집에서 하숙을 했다. 보통 우리 또래들도 집에서 학교가 멀면 자취를 하던 시절이었는데. 하숙을 하게 된 건 삼촌 생각이었다. 집에서 사십 리쯤 떨어진 곳, 생전 본 적도 없는 어머니의 재당질녀 집이었다. 그 언니는 어머니보다 나이가 더 많았다. 그래도 항렬이 같아 촌수로 언니뻘이었다. 약방을 하는 형부와 사이에 아이가 없었다. 언니와 형부는 나를 자식처럼 귀여워했다. 그래도 나는 늘 집이 그리웠다. 토요일 오전 수업이 끝나야 집으로 갈 수 있었는데, 그날은 수요일에 학교 마치고 집으로 갔다. 너무 식구들이 보고 싶어서.

사립문으로 들어가며 엄마를 불렀다. 저녁 준비를 하던 어머니가 부엌에서 나오셨다. 행주치마에 손을 닦으며. 놀란 표정이었다. 그래도 반겨주셨다. 할머니도 반겨주셨다. 윗방에서 삼촌이 내려왔다. 평소 같지 않게 얼굴에 노기가 가득했다. 놀랐다. 겁먹은 목소리로 삼촌을 불렀다. 대답을 하지 않고 대뜸 물었다.

"오늘 무슨 요일이야? 토요일이니?"

삼촌의 어조에 뭔가 잘못되었다는 걸 알았다. 아무 말도 못하고 가만히 있었다. 저녁밥상이 들어왔다.

"됐다, 그만해둬. 밥 먹자."

할머니가 밥상 앞으로 다가앉으셨다. 삼촌이 밥상을 윗목

당신이 있어 따뜻했던 날들

으로 휙 밀어젖혔다. 어머니와 할머니가 삼촌 눈치를 살폈다. 동생들도 눈을 둥그렇게 뜨고 삼촌을 쳐다보았다. 나는 방바닥만 응시하고 가만히 있었다.

"오늘 무슨 요일이냐고 묻잖아."

아주 건조한 목소리였다.

"수⋯⋯요일."

개미 소리만 하게 간신히 말이 흘러나왔다.

"알면서 왔어? 정신상태가 그래서 뭐가 되겠니. 당장 가. 일어나 가란 말이야!"

삼촌이 큰 소리로 꾸중을 했다. 난생처음 꾸중을 듣는 나로서는 정신이 혼미할 지경이었다. 무서웠다. 정말 가야 할 것만 같았다. 삼촌이 책가방을 아궁이에 집어넣으라며 방문 앞으로 집어던졌다. 울음이 터져 나왔다. 엉엉 울었다. 서러운 생각마저 들었다. 얼마나 그리웠던 식구들인데, 삼촌이 내 마음을 몰라주니 서러웠다.

"울긴 뭘 잘했다고 울어! 그래, 왜 왔는지 말해봐라."

삼촌의 음성이 약간 누그러졌다. 식구들이 보고 싶어서 왔다고 할 수도 없고, 뭐라도 말을 해야겠는데, 딱히 떠오르는 게 없었다. 삼촌이 다시 다그쳤다.

"말하라니까. 왜 왔는지."

"형부 눈이 빨개서, 무서워."

삼촌 눈치를 살피며 조그맣게 말했다.

"뭐야? 허 참! 하하하."

삼촌은 그만 웃음을 터뜨렸다. 눈치를 보던 가족들도 모두 웃어댔다. 나는 어안이 벙벙할 따름이었다. 할머니가 다시 밥상을 방 가운데로 끌어다 놓았다. 그렇게 저녁밥을 먹었다. 삼촌은 반찬을 집어 내 밥그릇에 놓았다. 나는 흘깃거리며 밥 한 그릇을 다 먹었다.

저녁을 먹은 후 안방 호롱불 아래 엎드려 늦도록 숙제를 했다. 삼촌은 윗방으로 올라가지 않고 숙제하는 나를 들여다보았다. 빙그레 웃다가 내 머리를 쓰다듬기도 했다. 어머니는 동생을 데리고 건넌방으로 갔고, 할머니는 안방 아랫목에 누워 주무셨다.

"형부가 그렇게 무서워?"

숙제하던 나는 고개를 숙인 채 끄덕였다.

"자식이 없어 너를 그렇게 귀여워하시던데, 왜 무서워. 그럼

못써."

또 고개를 끄덕였다. 형부의 눈이 유난히 빨간 건 사실이었다. 형사 출신이라 그런지 눈이 매서웠다. 물론 나에게 더없이 다정하고 좋은 분이었다. 자식뻘 되는 나를 아기처럼 대하며 보살펴주었다. 그런데 그렇게 불경한 소리를 했으니 내가 어리긴 어렸던 모양이다.

숙제를 다 하도록 삼촌은 자리에서 일어나지 않고 나를 지켜보았다. 농사일로 피곤했을 텐데도. 처음으로 꾸중다운 꾸중을 한 게 삼촌은 미안했던 걸까. 책가방까지 아궁이에 넣어버리라는 청천벽력 같은 소릴 했으니. 옹졸한 마음에 한동안 삼촌의 그 말이 섭섭했다. 집에 안 가야지 하는 꽁하는 마음도 들었다. 그러다가도 밤늦도록 숙제하는 나를 지켜보던 미소 띤 삼촌을 떠올리면 마음이 스스로 풀렸다.

내가 선생 노릇하면서 염두에 두고 있는 한 가지가 있다. 훈계를 하고 나면 꼭 마음을 풀어주는 거다. 그게 말 한마디일 수 있고 따뜻한 눈빛일 수도 있다. 그래도 부족한 것 같으면 문자나 메일을 보내 마음을 어루만져준다. 그날 밤 삼촌의 미소를 떠올리며.

제일 많이 웃은 때

토요일이 되었다. 오전 수업을 마치기 무섭게 버스 정류장으로 갔다. 집으로 가는 버스는 더디게 왔다. 지난 수요일 집에 다녀왔으니 며칠밖에 지나지 않았는데, 집에 가고 싶은 마음이 굴뚝같았다. 그건 중간고사 성적 때문이다. 전교 1등! 학교 게시판에 붙은 성적을 보고 깜짝 놀랐다. 중학교 입학하고 첫 중간고사 결과였다. 산골에서 온 나는 면소재지에 사는 동급생들에게 은근히 열등감 비슷한 걸 느끼고 있던 참이었다.

버스에서 내려 마을 어귀에 들어서자 평온한 느낌이 먼저 들었다. 내가 태어나고 자란 곳, 우리 식구들이 있는 곳, 모든 게 자연스럽고 편안했다. 잰 걸음으로 달리듯 걸어 집에 도착했다. 집 안은 텅 비어 있었다. 봄 농번기니 당연한 일이었다. 뒤란에는 쌍둥이로 서 있는 건조실과 항아리가 가지런히 놓인 장독대, 푸릇한 앵두가 올망졸망 자라고 있는 앵두나무, 울타리를 타고 피어 있는 황매화, 봉당에 동생들이 벗어놓은 옷가지, 부엌에 놓인 둥그런 물동이, 못에 걸린 똬리, 아무것도 변한 게 없는 우리 집이다. 물동이의 물을 떠서 한 모금 마시고 동악산으로 내달았다. 모두 그 산밭에 있을 테니까.

동악산 밭에 가려면 좁다란 논둑길과 산길을 한참 걸어야 했다. 잗다란 들꽃이 아무렇게나 피어 있는 길을 지나 사시사철 퐁퐁 물이 솟아나는 옹달샘에 이르렀다. 소금쟁이 두어 마리가 떠 있는 옹달샘, 가장자리에는 수초들이 늘어져 있었다. 두 손을 오므려 가만히 물을 떠 목을 축였다. 또 걸었다. 노란 양지꽃과 마타리꽃이 보랏빛 오동꽃과 함께 피어나고 있었다. 칡넝쿨이 조붓한 오솔길을 덮고 산새들은 쉬지 않고 노래했다. 동악산 가는 길은 언제나 그랬다.

산자락 저만큼 담배 심은 밭에 할머니와 어머니가 보였다. 밀짚모자를 쓴 삼촌과 밭고랑에서 놀고 있는 동생들도. 눈물이 날 것 같았다. 나만 혼자 떨어져 있었다는 것 때문에. 뻐꾸기 울음소리가 더 높아졌다. 장단 맞추듯 산비둘기도 구구거렸다. 산 아래 다랑이 논에는 벼 포기가 땅심을 받기 시작했다. 물이 그득한 것을 보니 배가 불러지는 느낌이 들었다. 발걸음이 더욱 빨라졌다.

"삼촌!"

목청을 높여 불렀다. 삼촌이 허리를 펴고 일어나 손을 흔들었다. 동생들이 나를 불렀다.

"언니!"

"누나!"

부지런히 산자락을 올라갔다. 숨을 헐떡거렸다. 개구리가 풀섶에서 뛰어나왔다. 밭으로 올라가는 길에 작은 도랑을 건넜다. 가재가 한 마리 슬금슬금 기어 다녔다. 무성한 칡넝쿨을 헤치며 밭에 도착하자, 식구들은 하던 일을 멈추고 오동나무 그늘에 앉았다. 하늘은 파랗고 햇볕은 따사로웠다.

"토요일까지 잘 참았네."

삼촌이 놀렸다.

"삼촌, 나 1등 했어. 전교에서."

그때까지 꾹 참고 있던 말을 내놓았다. 숨이 차서 쇳소리가 났다. 담배를 물고 있던 삼촌이 황급히 담뱃불을 비벼 껐다.

당신이 있어 따뜻했던 날들

"뭐야! 정말! 하하하하하하……."

삼촌의 웃음소리가 온 동악산을 뒤흔들었다.

"다시 말해봐. 뭐라고?"

삼촌이 내 어깨를 잡고 다그쳤다.

"전교에서 1등 했다고."

"하하하하……. 최고다! 최고! 우리 명숙이 최고야!"

삼촌은 몇 번이나 묻고 웃고, 또 묻고 웃었다. 할머니와 어머니는 잘했다고 할 뿐 덤덤한 것 같은데, 삼촌은 세상을 다 가진 듯 호탕하게 웃어댔다. 동생들은 덩달아 신이 난 듯했다. 싱글벙글 웃었으니까. 봄볕이 쏟아지는 산자락 담배 밭 옆 오동나무 그늘에 앉아, 저 아래로 펼쳐진 논과 밭을 보며, 삼촌의 웃음소리를 들었다. 앞으로 더 열심히 공부해서 삼촌을 기쁘게 해야지, 그런 각오도 했다.

저녁 밥상머리에서 삼촌이 어머니에게 말했다.

"쟤가 며칠 전보다 까칠해진 것 같은데, 떡이라도 좀 해줘요."

어머니는 무슨 떡이냐고 조그맣게 웅얼거렸다. 하지만 얼굴은 유난히 밝았다.

다음 날 할머니와 쑥을 뜯으러 갔다. 논둑과 밭둑에 파란 쑥이 소담하게 올라와 있었다. 할머니는 손으로 쑥을 뚝뚝 뜯었다. 작은 동구리에 금세 쑥이 가득 찼다. 동생들은 괜히 따라와 쑥을 뜯지 않고 옷만 휘질렀다. 그래도 즐거웠다. 둑에는 하얀 냉이꽃과 노란 씀바귀꽃이 바람에 한들거렸다.

어머니는 뜯어 온 쑥을 깨끗이 씻어 싸라기와 섞어 쑥버무리를 만들었다. 쌉싸래한 맛과 은은한 쑥 향이 어울렸다. 마당에 멍석을 깔고 온 식구가 둘러앉아 쑥버무리를 먹었다. 삼촌은 연신 싱글벙글했다.

"앞으로 뭐가 될래? 선생님이 될래? 아무튼 훌륭한 사람이 돼야 해."

삼촌은 쑥버무리를 먹기보다 웃기를 더 많이 했다. 내 기억에 삼촌이 제일 많이 웃은 때였다.

당신이 있어 따뜻했던 날들

작은엄마와 존댓말

삼촌이 마지막으로 맞선을 보았다. 아이 하나 딸린 미혼모였다. 나이는 삼촌보다 열 살 아래였다. 예쁘고 여고를 나온 여인이었는데, 유부남에게 속아 아이를 하나 낳았다고 했다. 그 여인은 어머니와 우리 셋을 책임지겠다고 했단다. 망설임도 없이. 할머니와 어머니는 아이까지 딸린 게 마땅치 않다고 반대했지만 삼촌은 좋다고 했다.

그 여인이 우리 집에 처음 온 날이었다. 긴 머리를 틀어 올려 넓적한 핀을 꽂았는데, 그렇게 잘 어울릴 수가 없었다. 머리를 올린 뒷덜미가 희고 고왔다. 여인은 은은한 연두색 치마저고리를 입고, 작은 우리 마당 귀퉁이를 돌아 들어왔다. 마당 가운데에 도리깨질해서 넌 보릿짚이 있었기 때문이다. 한여름 땡볕에 노란 보릿짚은 바짝바짝 말라갔다. 사뿐사뿐 걷는 걸음걸이가 마치 나비가 날아오는 것 같았다. 여인은 나를 보고 생긋 웃었다.

"삼촌한테 얘기 들었어. 방학숙제 하는구나."

여인은 방석 겉감에 십자수를 놓는 걸 보고 말했다. 목소리가 맑고 상냥했다.

"네. 삼촌 집에 없는데요."

수틀에서 눈을 떼지 않고 고개를 숙인 채 건조하게 말했다. 쑥스러워서였다.

"알고 있어. 일부러 없을 때 온 거야. 물 좀 먹을 수 있을까?"

여인을 만나니 난생처음 삼촌이 촌스럽게 생각되었다. 그만큼 여인은 도회적이고 세련돼 보였다. 눈치로 그녀가 작은엄마 될 사람이라는 걸 알았다.

물을 한 대접 떠서 쟁반에 받쳐 내놓았다. 생긋 웃는 잇속도 가지런했다. 여인은 물을 반 대접 마시고 내려놓았다. 손톱에 연분홍 매니큐어를 바르고 있었다. 여인은 나와 몇 마디 말을 더 나눈 후 집안을 휘 돌아보더니 간다고 나섰다. 나는 신작로에 있는 버스정류장으로 같이 걸어갔다. 가끔 내 손을 쥐었다 놓기도 하는 여인이 가늘게 한숨을 쉬었다. 용기를 내서

당신이 있어 따뜻했던 날들

물었다.

"아기는 왜 안 왔어요?"

여인은 가만히 미소만 지었다.

내 마음에는 작은엄마가 되면 좋겠다 싶었다. 어린 소견에도 우리 집이 어떻게 사는지 보러 온 것 같았다. 말로는 들었지만 실제로 와서 보니 더 형편없어서 고민이 되었으리라. 그래도 나를 보고 미소 짓는 여인이 나는 좋았다. 다음에 또 오라고 말했다. 여인은 대답 없이 웃기만 했다. 버스정류장에서 읍으로 나가는 버스를 타고 여인은 떠났다. 저녁에 삼촌에게 말했더니 아무 말도 하지 않고 고개만 끄덕였다.

그 여인은 삼촌과 두 번 더 만난 후 우리의 작은엄마가 되었다. 작은엄마는 처음 우리 집에 왔을 때, 내가 정류장까지 따라온 것이 눈에 아른거려 며칠 동안 고민했단다. 형편이 너무 어려워 보여 마음이 내키지 않았는데, 정겹게 구는 내가 마음 쓰였다고. 아무튼 내 첫눈에 들었던 여인이 작은엄마가 되었다. 데리고 온 아기도 귀여웠다. 작은엄마는 착했고 똑똑했으며 다정했다. 가을이 무르익어갈 때 삼촌과 작은엄마가 살림을 합쳤다. 결혼식은 다음해 봄에 하기로 했다. 내가 중학교 1

작은엄마와 존댓말

학년 열네 살 때였다.

작은엄마가 들어오면서부터 나는 삼촌에게 처음으로 존대를 하기 시작했다. 중학생이 되어도 존댓말을 쓰지 않았는데, 그래선 안 되겠다는 생각이 들었다. 작은엄마 보기에도 좋아보이지 않을 것 같았다. 동생들에게도 존댓말을 쓰라고 하니 싫단다. 동생들은 여전히 반말을 했지만 나는 존대를 했다. 작은엄마에게도 그랬고.

존대를 하게 되면서 막연히, 아니, 심정적으로 미묘한 느낌이 들었다. 뭔지 확실히 모르겠으나 약간의 거리감이 생긴 것 같았다. 그전까지 삼촌이 온전히 우리들과 일체였다면, 이젠 아닌 것 같은 그런 느낌이라고 할까. 아무튼 그랬다. 나는 그런 미묘한 느낌까지 다 받아들이기로 했다. 작은엄마가 너무 좋았으니까. 열두 살밖에 안 된 남동생은 가끔 툴툴댔다. 삼촌과 함께 잘 수 없다며.

작은엄마와 삼촌은 읍에 살림을 차렸다. 둘은 기성복을 받아 장마다 가지고 다니며 팔았다. 작은엄마의 아기는 세 살이었는데 어머니가 우리 집에서 데리고 돌보았다. 그때 나는 하숙하며 학교에 다니고 있었는데, 토요일에 집에 가면 아기가 자주 우는 걸 목격하곤 했다. 어머니와 여동생이 번갈아 업어 주며 달랬다. 동네 사람들이 핏줄도 아닌 애를 왜 그리 중하게 여기냐고 했다. 어머니는 그런 말을 귓등으로도 안 듣고 아기를 지성으로 보살폈다. 장날마다 아기를 업고 가서 작은엄마와 만나게도 해주었고.

작은엄마가 들어오고 한동안 우리 집은 평온했다. 마치 태풍 전야처럼. 그렇게 3개월 정도 작은엄마는 삼촌과 살았다.

장터에서

병천 장날이었다. 나는 병천에 있는 학교에 다니느라 그곳에서 하숙을 했다. 하교하자마자 장터로 내달았다. 삼촌과 작은엄마가 장사를 하고 있을 장터였다. 지난 장날에는 무슨 일인지 오지 않았다. 또 오지 않았으면 어쩌나 조바심이 났다. 학교에서 장터까지 멀지 않은 거리가 그날따라 멀게 생각되었다. 추수한 들판은 텅 비었고 초겨울 바람은 차가웠다. 뛰다시피 걸으니 장터에 도착했을 땐 이마에 약간의 땀이 났다.

장터는 언제나처럼 흥청댔다. 거나하고 불쾌한 얼굴로 장터를 배회하는 아저씨들, 손님을 부르는 목청 좋은 장사꾼들, 물건을 집었다 놓았다 흥정하는 아주머니들, 따라온 아이들, 북적거리는 음식점. 삼촌이 장사하는 곳은 장터 끝이었다. 이제 막 시작해서 겨우 거기에 자리를 얻은 모양이었다. 주욱 포장을 친 노점을 지나 거의 끝자락에 이르렀다. 저만큼에 작은엄마가 보였다. 어떤 아주머니와 흥정을 하고 있었다. 삼촌은 보이지 않았다. 일부러 천천히 걸었다. 그 아주머니가 돌아가는 게 보이고 작은엄마는 흩어진 옷가지를 정리했다. 내가 가까이 가는 것도 모르고.

"작은엄마!"

"어, 그래!"

화들짝 놀란 듯 웃으며 맞이해주었다. 작은엄마는 간이의자에 나를 앉혔다. 내 교복을 다시 여며주며 춥지 않느냐고 했다. 고개를 끄덕였다. 이마에 맺힌 땀을 보며 빙그레 웃었다. 그리고 소매를 살짝 들어 내 손목을 잡아보았다.

"다음 장날에는 작은엄마가 시계 사줄게."

꿈같은 말이었다. 우리 반에 시계를 찬 친구는 두 명 정도밖에 되지 않았다. 속으로 무척 갖고 싶었던 게 손목시계였다. 어릴 적부터 갖고 싶은 게 있어도 사달라는 말을 하지 않고 자랐던 나다. 너무나 형편을 잘 아니까.

삼촌과 작은엄마는 여기저기 근처 장날을 찾아다니며 노점상을 했다. 지난 장날에 오지 않은 건 병천장보다 다른 곳의 장이 더 낫다고 해서 갔었기 때문이란다. 그런데 거기도 별반 낫지 않아, 나를 볼 겸 이곳으로 왔다는 거였다. 삼촌은 잠시 식당에 갔다며 금세 올 거라고 했다. 저녁때가 다 되어가는데 그제서 점심을 교대로 먹고 있었다. 작은엄마는 잠시만 있으라고 하고 나갔다. 가만히 앉아 있으니 찬바람이 술술 들어와 무척 추웠다. 이제 더 추워질 텐데 어떻게 장사를 할까 걱정되었다.

"자, 이거 먹어봐."

작은엄마는 둘둘 만 신문지를 펴서 내 앞에 놓았다. 호떡이었다. 생전 처음 먹어보는 호떡, 세상에 이렇게 맛있는 게 있을까. 쫀득하고 바삭하고 달았다. 말로만 들었던 호떡을 그날 먹어보았다. 작은엄마는 점심을 많이 먹어 배부르다며 먹지 않고 나에게만 먹였다. 내 앞에 쪼그려 앉아 내 입만 쳐다보며. 두 개를 먹고 났을 때 삼촌이 포장 안으로 들어왔다.

"삼촌!"

"오, 왔구나. 하하핫."

나를 보자마자 삼촌 입이 벌어졌다. 작은엄마는 그런 삼촌을

당신이 있어 따뜻했던 날들

미소 지으며 바라보았다. 삼촌이 작은엄마에게 나와 같이 뭘 좀 먹고 오라고 했다. 나는 배가 불렀다. 점심을 먹었고 호떡도 두 개나 먹었으니까. 작은엄마는 거짓말을 했던 거였다. 점심도 먹지 않았으면서. 삼촌 말에 작은엄마는 호떡을 먹어 지금 생각이 없단다. 또 거짓말이다. 작은엄마와 눈이 마주치자 내게 눈을 찡긋했다. 나는 가만히 있을 수밖에 없었다.

해가 넘어가자 날씨는 더욱 추워졌다. 주위에서 포장을 걷기 시작했다. 삼촌과 작은엄마는 어둑해질 무렵까지 가끔 오는 손님에게 물건을 팔았다. 내게 춥다고 들어가라고 둘이 번갈아 말해도 난 그대로 있었다. 안 되겠다 싶은지 삼촌도 포장을 걷었다. 나는 보따리 싸는 것을 조금 거들었다. 버스 시간을 보며 삼촌과 작은엄마는 물건 보따리와 포장 보따리를 꽁꽁 묶어 둘러메고 머리에 이었다. 나도 가방을 들고 나섰다. 하숙집까지 200미터만 가면 되었다.

버스 정류장에 도착했을 때, 진천읍으로 가는 버스가 잠시 후에 왔다. 삼촌과 작은엄마가 버스에 오르며 자꾸 들어가라고 손짓했다. 만원 버스에 몸과 보따리를 싣고 간신히 끼어 타는 두 사람을 보니, 콧등이 시큰거리며 눈물이 나올 것 같았다. 내가 손을 흔들

었고 버스는 떠났다. 멀어져가는 버스 궁둥이만 한참 쳐다보았다.

하숙집으로 돌아오는데 눈물이 자꾸 흘렀다. 교복 주머니에 손을 넣으니 작은엄마가 쥐여준 용돈이 들어 있었다. 여학생이 되었으니 필요할 데가 있을 거라며 싫다는데도 준 용돈이었다. 끼니도 제대로 먹지 못하는 걸 눈으로 보았으니 어린 소견이라도 쓸 수가 없었다. 나는 그 돈을 한동안 쓰지 못했다. 하숙으로 돌아오니 언니와 형부가 나를 기다리고 있었다. 왜 안 오나 걱정했다며.

당신이 있어 따뜻했던 날들

다음 장날, 작은엄마는 약속대로 내 손목에 시계를 채워주었다. 중고였지만 예쁘고 반짝거리는 시계였다. 우선 이거 차고 있어. 작은엄마가 곧 새것으로 사줄게, 하며. 그것만으로도 난 충분히 만족했다.

4
따사로운 햇볕으로

봄에는 민들레와 제비꽃이 피었고,
여름에는 개망초가 온통 둑을 뒤덮었다.
가을에는 갈대가 드문드문 피어 긴 목을 흔들었다.
고추잠자리 두어 마리가 할머니 머리 위를 맴돌았다.
할머니는 다 피운 담배를 비벼 끄며, 논바닥을 쳐다보았다.
묶어서 세운 토실하고 노란 볏단에 메뚜기가 뛰어다녔다.

풀잎의 이슬

　　겨울방학 한 다음 날이었다. 어머니는 새벽에 삼촌이 교통사고 당했다는 기별을 받고 읍으로 나갔다. 우리는 무슨 일인가 불안한 마음으로 기다리고 있었다. 아침나절 읍에서 택시가 들어왔다. 어머니가 울면서 삼촌이 돌아가셨다고 했다. 어머니는 거의 실신한 상태였다. 어머니가 새벽에 나간 후 나는 촛불을 켜고 간절히 기도하고 있었다. 누가 시킨 것도 아니었다. 신을 향해 빌었다. 우리 집에 아무 일도 일어나지 않기를. 열네 살짜리 내가 할 수 있는 건 그것뿐이었다. 촛불이 깜빡거릴 때마다 불안했고 활활 타오르면 안심이 되기를 반복했다.

　　방학 전날 밤 나는 삼촌 집에서 잤다. 어머니가 담근 동치미를 삼촌 집에 갖다주라고 했기 때문이다. 막차를 타고 삼촌

집에 도착했을 때, 삼촌은 장사를 마치고 들어와 늦은 저녁을 먹고 있었다. 작은엄마가 동치미를 꺼내 썰어 내놓고 내 밥도 한 그릇 퍼줬다. 삼촌이 내 성적에 대해 물었다.

사실 성적에 대해 불안한 마음이 있었다. 중학교에 입학 장학생으로 들어가긴 했지만 매 학기 성적 평균 90점이 넘어야 유지할 수 있었다. 2학기 성적이 90점이 넘을지 자신이 없었다. 가채점으로 봤을 때 간신히 되는 것 같은데, 한 문제라도 실수한 거라면 불가능했다. 어린 마음에 삼촌이 등록금을 마련해주지 않으면 학교를 그만둘지도 모른다는 생각이 들었다. 어머니 심부름도 있었지만 그걸 미리 삼촌에게 귀띔하는 게 좋을 것 같았다.

"90점이 넘을지 모르겠어요. 그럼 어떡해요?"

"걱정하지 마. 삼촌이 너희들 공부시키려고 장사하는 거잖아."

"그래, 되면 좋고 안 되면 삼촌이 마련할 거야."

시무룩해진 나와 달리 삼촌과 작은엄마가 웃으며 말해주었다. 그때서야 마음이 가벼워졌다. 저녁을 먹고 잠자리에 누웠다.

당신이 있어 따뜻했던 날들

잠이 오지 않았다. 전깃불 때문이었다. 방 한 칸을 세내어 사는 삼촌네는 주인집 방과 삼촌 방의 벽을 뚫고 형광등을 하나 달아 같이 썼는데, 그 집에서 전기를 밤새 켜놓았다. 겨우 새벽에야 잠이 들었다. 삼촌은 코를 조금 골면서 곤한 듯 잠들었다. 작은엄마도 금세 잠이 들었다. 추운 겨울에 장터 노점에서 물건을 팔고 온 두 사람이니 오죽 곤했으랴. 작은엄마는 내게 새 카시미론 이불을 꺼내 덮어주었다. 이불이 너무 가벼운 것도 잠이 오지 않은 이유 같았다. 집에서는 묵직한 솜이불을 덮었는데, 이불이 둥둥 떠 있는 느낌이 들었기 때문이다. 어릴 적부터 나는 자리덧을 했으니 그렇다면 나의 그 자리덧 때문일 수도 있다. 어쨌든 나는 그날 잠을 설쳤다.

　작은엄마는 일찍 일어나 아침을 차렸다. 어제 먹던 동치미와 김치, 어묵조림, 두부부침으로. 설거지를 마치고 옷을 갈아입으며 작은엄마는 노래를 흥얼거렸고, 삼촌은 장사 나갈 보따리를 야무지게 묶었다. 그 후 나는 학교로, 삼촌과 작은엄마는 장터로 가는 버스를 탔다. 그게 삼촌과 마지막이었다. 많은 이야기를 주고받은 것 같다. 그 가운데 공부 열심히 해라, 삼촌이 대학까지 보내줄게, 라고 했던 말이 잊히지 않는다. 빙긋 웃으며 머리를 쓰다듬어주던 삼촌. 그게 지상에서 마지막 만남이 되리라는 걸 짐작인들 했을까.

방학하는 날 성적표를 받았다. 평균 93점으로 또 전액 면제 장학생이 되었다. 어젯밤에 삼촌에게 말하지 말걸. 후회했다. 삼촌이 수업료 때문에 걱정했을 것 같아서. 다음에 만나면 말해야지, 그럼 삼촌이 무척 기뻐할 거야, 하며 삼촌 만날 날을 고대하고 있었다. 그런데 삼촌이 돌아가시다니. 말도 안 되는 일이었다.

점심때쯤 돌아가신 삼촌이 집으로 들어왔다. 흰 홑이불을 덮고 안방에 누워 있는 삼촌의 몸은 따뜻했다. 배도, 손도, 다리도, 다 따뜻했다. 나는 배를 만지고 다리를 만지며 울었다. 삼촌 일어나! 일어나요! 아무리 소리쳐도 대답이 없었다. 어머니는 몇 번이나 기함을 해서 쓰러졌다. 동네 아주머니들이 입에 물을 물고 얼굴에 뿜으면 잠시 후 정신을 차렸다. 그러기를 몇 차례, 저녁쯤에는 어머니도 삼촌의 죽음을 기정사실로 받아들였다. 나는 삼촌만 불렀다. 수도 없이. 지금까지 부른 것보다 더 많이 삼촌을 불렀다. 그러나 여전히 미동도 하지 않았다. 할머니는 묵묵히 있다가 이놈아! 이놈아! 소리쳤다.

작은엄마는 기절하지 않았고 아무 말도 없었다. 혼이 나간 사람 같았다. 어머니는 몇 번이나 이 사람아, 정신 차리게, 하며 작은엄마를 흔들었다. 먹지도 않고 자지도 않았던 것 같다. 삼촌 옆에서 떠나지 않고 앉아 있었다. 나도 그랬다. 잠시도 떠나지 않고 삼촌 옆에 있었다. 동생들도 시무룩하게 앉았다가 징징 울었다. 작은엄마의 아기를 막냇동생에게 업혀주면 데리고 나갔다.

4일장으로 삼촌의 장례를 치렀다. 간절히 기도했지만 삼촌은 다시 살아나지 않았다. 묘지에 묻힐 때까지 나는 살아날 수도 있다는 희망을 놓지 않았다. 순진한 열네 살 아이였기 때문에 그랬을까. 그만큼 간절했기 때문일까. 장례 기간 내내 나는 희망을 잃지 않았다. 저러다 벌떡 일어날지도 몰라. 우리 삼촌이니까. 우리를 두고 저렇게 가버리지 않을 거야. 염할 때 어른들이 못 보게 말렸다. 어린애는 보는 게 아니라며. 우리 삼촌인데 왜 안 되냐며, 나는 삼촌의 마지막 모습을 보았다. 그 모습이 긴 세월 동안 나를 힘들게 했다. 너무도 가엾어서.

　삼촌은 태령산 아래 산자락에 묻혔다. 이장하기 전에 아버지가 묻혔던 그 산 아래였다. 집에서도 멀리 보이는 그 산자락이었다. 낮이고 밤이고 그곳이 내 눈에 들어왔다. 그건 견딜 수 없는 노릇이었다. 시도 때도 없이 삼촌 생각이 나고 눈물이 났다. 혼자서 울었다. 삼촌을 부르며. 그러나 현실이었다. 이제 우리끼리 살아야 하는 그 지난한 현실. 영원한 것이 없다는 것을 그때 나는 깨달았다. 인생 또한 풀잎의 이슬처럼 햇볕이 나면 금세 스러지고 마는 허무한 것이라는 걸.

　　　　　　　　　　　당신이 있어 따뜻했던 날들

손자국

       삼촌이 지은 행랑채가 있는 집에서 우리는 삼 년도 못 살았다. 삼촌이 없는 집에서 우리 가족은 도저히 살 수 없었다. 할머니와 어머니가 이사를 결정했다. 아버지가 돌아가신 집, 또 삼촌이 돌아가신 집, 그 집에서 두 분은 살기 싫다고 했다. 그 집이 진저리가 난다는 거였다. 내가 태어나기도 한 집인데. 동생들은 어려서 잘 몰랐겠지만 나도 그 집에서 살 수 없다는 생각이 자꾸 들었다. 무섭기도 했다. 정을 떼느라 그렇다고 어른들이 말했다.

 무엇보다 힘든 건, 담을 쌓고 흙을 이겨 바른 데에 선명하게 나 있는 삼촌의 손자국이었다. 흙 담벼락이 온통 삼촌의 손가락 자국으로 뒤덮여 있었다. 굵다란 엄지와 검지, 기다란 중지, 약간 가느다란 무명지와 아주 가느다란 새끼손가락 자국이, 담벼락에 고스란히 남아 있었다. 삼촌은 세상에 없는데 손자국이 불도장처럼 찍혀 있는 흙담. 내 가슴에도 각인되어 있는 그 손자국 때문에 매일 울었다. 어떻게 이럴 수가 있나 싶었다. 우리에게 소중한 사람이 세상에서 사라졌는데, 아무것도 달라진 게 없고, 그 사람의 자취만 남아 가슴을 아프게 하다니.

가을걷이가 끝나면 집집마다 돌아가며 초가지붕을 새로 단장했다. 노란 햇짚을 잘 추려 이엉 엮어 지붕을 이었다. 지붕 이는 날이면 잔칫집 분위기가 났다. 새롭게 지붕을 단장하기 때문이기도 했지만 그것으로 가을의 모든 일이 끝나기 때문이었다. 이엉을 올리고 나면 손끝 야문 어른이 낫을 가지고 처마를 일렬로 잘랐다. 용마루를 얹고 반듯하게 처마까지 잘라놓으면 지붕이 그렇게 예쁠 수가 없다. 단정하게 자른 아이의 머리처럼.

그렇게 지붕을 다 이고 나면 나지막한 흙담에도 이엉을 엮어 얹었다. 그건 대부분 집 주인이 했다. 지붕 이는 일에 비하면 하찮기도 했지만 혼자도 쉽게 할 수 있는 일이기 때문이다. 우리 집 담장의 이엉은 당연히 삼촌 차지였다. 삼촌은 마지막까지 정성스럽게 이엉을 엮어 담장에 얹었다. 비나 눈이 오면 흙담에 물이 스며들어 무너지거나 쓰러질까 봐 이엉을 얹은 것 같다.

다음 날 삼촌은 짚을 작두로 썰어 흙과 이겨 담벼락에 척척 붙였다. 그리고 손으로 쓱쓱 문지르며 마무리했다. 흙손으로 벽을 매초롬하게 하는 집도 있었지만 우리는 그러지 않았다. 삼촌의 굵은 손가락 자국이 담벼락에 찍혀 있는 건 그래서였다. 그 담벼락 아래 나팔꽃을 심어 줄을 매주면 지붕 위까지 올라가며 줄지어 나팔꽃이 아침마다 피곤 했다.

뒤란에 있는 건조실도 삼촌이 직접 지었다. 그 아궁이에서 겉이 까맣게 익은 감자를 꺼내주곤 했는데, 이제 없다는 현실이 싫어 뒤란에도 가지 않았다. 나무를 직접 자르고 켜서 만든 화장실 문과 뒤란의 싸리나무 울타리. 집안 구석구석 삼촌의 흔적이 없는 곳이 없다. 그런데 우리 곁에 없다는 걸 열네 살의 내가 어떻게 받아들여야 할까. 견딜 수 없는 일이었다.

지금도 내가 힘들어하는 게 이별이다. 잠시든 오래든 어떤 식의 이별도 필요 이상으로 힘들어한다. 삼촌과 한 이별을 아직도 수용하지 못하는 것 아닐까. 성숙하지 못한 채 나이만 먹어가고 있는 건 아닐까 말이다. 그만큼 충격적이었다. 그래서 이렇게 기억이 생생한 것인지도 모른다.

삼촌은 우리 셋에게 아버지였다. 아버지의 부재를 깨닫지 못할 정도로 우리에게 완벽한 아버지였다. 삼촌이 져야 했던 삶의 무게를 생각지 못했다. 너무도 어렸으니까. 삼촌이 쳐놓은 울타리 안에서, 지붕 안에서, 그 깊고 넓은 사랑 안에서, 우리는 아주 안온하게 살았다. 가난했어도 영혼은 무척 풍요롭고 따뜻하게.

삼촌이 없는 현실을 생각하면 담장에 찍힌 삼촌의 손자국이 더욱 선명해졌다. 손가락 자국에 내 손가락을 갖다 대고 맞추며 울었다. 삼촌의 온기를 전혀 느낄 수 없는 담벼락. 그래도 너무 삼촌이 보고 싶으면 그 손가락 자국에 내 손을 갖다 대곤 했다. 그랬다가 갑자기 무섬증이 일어 손을 떼기도 했다. 그 무섬증은 무엇 때문일까. 지금도 알 수가 없다. 어른들 말대로 정을 떼느라 그랬을까.

그 집에서 이사하면서 못내 아쉬운 건 그 손자국이었다. 새로 지은 행랑채가 아니었다. 이제 삼촌과 영영 이별하는 것만 같았다. 삼촌을 두고 우리만 가는 것 같은 생각도 들었다. 할

당신이 있어 따뜻했던 날들

머니와 어머니에게 삼촌 두고 어떻게 가느냐고 말하고 싶었다. 몇 번이고 담벼락을 돌아보고 뒤란에 가서 건조실을 보았다. 삼촌은 어디에도 없었다. 나는 울고, 또 울며, 그 집을 떠났다.

영원한 것이 없다는 걸 그때 어렴풋이 알았다. 모든 게 순간일 수 있다는 것도. 이별이 갑작스럽게 올 수도 있다는 것도. 삼촌과의 이별은 나를 더 애늙은이로 만들었던 것 같다.

그, 하나밖에 없는 친구

한 사람이 생각난다. 삼촌의 친구. 그는 멀리 부산에서 왔다. 호남형의 얼굴에 별말이 없었다. 가끔 편지를 하기도 했다. 붉은 줄이 아래로 쳐진 누런 편지지에 써서 보냈다. 이름도 고스란히 생각난다. 흔치 않은 성과 이름을 가졌기 때문인 것 같다. 그는 하나밖에 없는 삼촌의 친구 같았다. 그런데 내 기억과 실제는 다를 수도 있다. 언젠가 보낸 편지에 빌려간 걸 돌려달라고 쓴 걸 보았으니까.

손님이라곤 잘 오지 않은 우리 집이었다. 와봐야 변변찮은 찬에 대접하기만 어려웠을 거다. 가끔 동생들은 우리 집에 왜 손님이 안 오느냐고 묻곤 했다. 누군가 자주 찾아오는 옆집을 부러워하면서. 당시 우리의 일상은 너무도 단조로웠다. 학교 가고, 놀고, 자는 것이 삶의 전부였다. 텔레비전이나 라디오

당신이 있어 따뜻했던 날들

가 없었고 놀 수 있는 도구라곤 오자미나 자치기, 공기가 다였다. 모든 아이들이 똑같았다. 먹는 것도 단조로웠고 손님이 나 와야 색다른 걸 먹을 수 있었다.

어느 날 드디어 우리 집에도 손님이 왔다. 그는 더벅머리에 인자하게 생긴 삼촌 친구였다. 삼촌과 그는 서로 크게 반기지 않는 게 수상쩍었다. 그래도 악수를 했다. 둘이 안방에 앉아 무슨 말인지 가끔씩 주고받았다. 저녁이 되어도 그는 돌아가지 않았다. 어둑한 등잔불 밑에 묵묵히 앉아 있었다. 제사지낼 때 썼던 북어를 쪽쪽 찢어 갖은 양념을 해 밥솥에 찐, 북어무침이 저녁 밥상에 올랐다. 삼촌과 겸상을 한 상에 남동생이 같이 앉았고, 나머지는 방바닥에 반찬과 밥을 놓고 먹었다. 어두침침한 자그마한 방에 밥그릇과 수저 부딪치는 소리만 가득했다. 다음 날 학교에서 돌아왔을 때 그는 떠나고 없었다.

또 한 해가 가고 다음해 겨울에 그가 또 찾아왔다. 그 전에 편지가 가끔 왔던 것 같다. 그의 손에 과자와 사탕이 들려 있었다. 동생들은 조급증이 나서 할머니 눈치를 살폈다. 과자와 사탕을 받아 든 할머니가 나눠주기를 기다리며. 그날은 삼촌이 집에 없었다. 추수 후에 돈 벌러 서울로 갔기 때문이다. 그는 난감해했다. 할머니는 늦었으니 자고 다음 날 가라고 했다. 그는 망설이는 것 같더니 그냥 떠났다. 그가 가고 나서야 할머니는 과자와 사탕을 나눠주었다.

설 쇠러 삼촌이 집으로 왔을 때, 그가 왔었다는 말을 했다. 삼촌은 대수롭지 않은 듯 흘려들었다. 과자와 사탕을 사가지고 왔더란 말에 빙긋 미소 지을 뿐이었다. 친한 친구냐고 물어보고 싶었다. 빌린 게 뭐냐고도. 하지만 실제로 아무것도 묻지 못했다. 삼촌이 이제 돌아왔는데, 혹시 그를 만나러 다시 나가면 어쩌나 걱정되었다.

그 후 그는 몇 차례 편지를 보냈다. 삼촌이 답장을 썼는지 그건 알 수 없다. 어떻게 사귄 친구인지도 알 수 없다. 삼촌이 군대 생활을 부산에서 했다는 말을 고모에게 이제 들었다. 그걸 보면 군대 있을 때 사귄 부산 사람일까. 삼촌이 객지로 떠돌 때 무슨 연관이 있던 사람일지도. 지금은 모두 베일에 가려져 있는 듯, 아는 게 없다. 그런데도 그가 생각나는 건 삼촌을 찾아온 유일한 사람이었기 때문이다. 또 편지를 보낸 유일한 사람이기도 했다.

그가 다시 우리 집에 찾아온 것은 사탕을 사 들고 왔던 때로부터 이 년쯤 후였다. 우리는 갑작스런 삼촌의 부재로 정신을 가누지 못하고 있었다. 저녁나절 사립문으로 그가 들어와 삼촌을 불렀다. 할머니가 들어오라고 손짓했다. 가라앉은 분위기에 뭔가 이상하다고 느낀 듯 그는 머뭇거렸다. 어머니가 부엌에서 나와 들어오라고 했다. 그가 천천히 안방으로 들어왔다. 할머니에게 절을 하고 앉았다.

"그 애가 세상을 떠났어. 한 달 됐네."

할머니가 울먹이며 말했다. 그는 놀란 듯 멍한 표정이었다. 할머니가 그를 앞에 놓고 울었다. 나와 동생들도 울었다. 어머니는 봉당에 서서 행주치마로 눈물을 훔쳤다.

"우리 애가 빌린 게 얼마지?"

할머니가 눈물을 훔치며 물었다.

"아닙니다. 그게 아니에요."

그의 눈에 눈물이 가득했다. 손을 내저으며 다시 고개를 푹 숙였다. 급기야 어깨가 들썩거렸다. 그는 울고 있었다. 한동안 침묵이 흘렀다. 할머니는 무언가 또 물었지만 그는 손만 내저었다. 사투리를 쓰지 않는 그는 부산에 살고 있으나 부산 사람은 아닌 듯했다.

저녁 먹고 가라는 할머니와 어머니의 말에 극구 손사래를 치며 인사하고 그가 사립문을 나섰다. 그의 뒤를 따라 나갔다. 그가 눈치채고 돌아서서 내 머리를 쓰다듬어주었다. 꼭 우리 삼촌처럼. 그리고 버스 정류장을 향해 무거운 발걸음을 떼어놓았다. 뒷모습이 너무도 슬퍼 보였다. 나도 모르게 눈물이 주르르 흘렀다. 삼촌이 있었다면 둘은 별말 없이 앉아 담배를 피우고, 같이 잠을 자고, 다음 날 떠났을 거다.

그에 대하여 정확하게 아는 건 없다. 그날 이후 그를 다시 본 적도 없고 편지를 보내온 적도 없다. 삼촌이 그에게 돈을 빌린 게 확실한 것 같다. 그도 형편이 별로 낫지 않았을 테고. 그래서 그 먼 부산에서 받으러 왔겠지. 직접 와서 눈으로 사는 형편을 보니 말을 꺼내지 못하고 그냥 돌아서곤 한 게 아닐까. 그가 한참 어깨를 들썩이며 운 것으로 볼 때, 그는 하나밖에 없는 삼촌의 친구라는 것 또한, 확실하다.

바람 불고 추운 세상에서

삼촌이 세상을 떠나자 우리는 나무를 해야 했다. 삼촌이 절대 못하게 했던 나무를. 더구나 한겨울이었고 장례를 치르느라 봉당에 쌓아두었던 나무를 다 사용했기 때문이다. 삼촌이 읍으로 살림 나가기 전에 많이 해서 쪼개 볕 잘 드는 봉당과 나뭇간에 쌓았던 건데. 그것만으로도 설이 되기까지 나무 걱정이 없었는데. 거의 바닥이 나고 말았다.

어머니는 가끔 깜깜한 밤이 되면 남동생과 나를 데리고 산에 올랐다. 산주인에게 들키지 않으려고. 주인이 있는 산에서 나무를 하다 들키면 우세스러운 일이었다. 나무를 땔감으로 쓰던 때여서 근처에는 나무가 없었고, 깊은 산속에 들어가야 있었다. 그래서 어머니는 깜깜한 밤에 우리를 데리고 가 산에서 나무를 베었다. 목재로 잘 쓰지 않는 오리나무나 팥배나무 그리고 참나무였다.

어머니와 동생은 톱질을 했고 나는 산주인 오는지 망을 보았다. 밤에 나무를 베어 가는 사람들이 심심찮게 있어 산주인이 순찰을 돌곤 했기 때문이다. 칠흑같이 어두운 밤길을 더듬거리며 올라 덜덜 떨면서 망을 볼 때, 오금이 저릴 정도로 긴장하고 가슴이 쫄밋거렸다. 당장에라도 주인이 나타나 고함을 칠 것 같았다. 한겨울 밤바람은 살을 에는 듯 차가웠다. 나무를 베고 자르는 어머니와 동생도 가슴 졸이기는 마찬가지였을 거다.

바람 불고 흰 눈이 남아 있는 깊은 밤 겨울 산에서 속으로 많이 울었다. 삼촌이 있었다면 하지 않아도 될 고생이었다. 삼촌을 가만히 불러보았다. 어머니와 동생의 톱질하는 소리가 밤하늘로 퍼져 나갔다. 소리가 커지면 덜컥 겁이 나 산 아래를 살펴보았다. 너무도 어두워 아무것도 보이지 않고, 올려다본 하늘 가운데로 하얗게 은하수가 흘렀다. 북두칠성 별자리도 바뀌었다. 나는 흐르는 눈물을 소매 끝으로 닦았다.

그렇게 자른 나무도막을 새끼줄로 묶어 하나씩 끌고 산에서 내려왔다. 나뭇가지도 대충 묶어 이거나 지고. 산길은 얼고

당신이 있어 따뜻했던 날들

가늠할 수 없어 미끄러지기를 몇 차례. 집에 도착했을 때는 긴장과 두려움으로, 추운데도 내복이 흠뻑 젖어 있곤 했다. 우리는 그렇게 잘라온 나무를 헛간 짚단 속에 숨겨두었다가 마르면 조금씩 쪼개서 땠다. 참나무는 생으로도 잘 타서 아궁이 속에 넣어두었다가 아침 일찍 때기도 했다.

삼촌이 살아 있을 적에 우리는 나무를 하지 못했다. 열서너 살만 되면 누구나 나무를 하던 시절이었다. 남자 어른이 있는 집에서도 그랬다. 쇠죽을 쑤어야 하고, 밥도 지어야 하고, 군불도 때야 하는데, 그 땔감이 나무였다. 그래서 동네 뒷산 오르는 길은 나무꾼의 발길에 길이나 반질반질했다. 아이들도 삭정이를 베거나 가랑잎 또는 솔가리를 긁어모아 이거나 지고 내려와 집 나뭇간에 쌓았다. 하지 말라고 말리는 어른들은 없었다.

그런데 우리 집은 달랐다. 삼촌이 우리에게 절대로 나무를 못 하게 했다. 항상 삼촌이 했다. 추수 끝나고 돈벌이를 하러 객지로 나갈 때도 겨우내 쓸 나무를 해서 뒤란 봉당에 가지런히 쌓아놓았다. 장작도 쪼개서 건조실 부엌에까지 쟁여놓았고, 나뭇간과 헛간에도 들여놓았다. 아끼면 삼촌 돌아올 때까

바람 불고 추운 세상에서

지 땔 수 있을 만큼. 부족하면 짚단이나 지붕을 새로 이기 위해 걷어낸 묵은 이엉들을 땔감으로 썼다. 담배 대궁이나 고춧대도 좋은 땔감이었다. 가끔 할머니와 어머니가 나무를 해 오기도 했다. 하지만 삼촌이 있을 때는 어느 누구도 나무를 하지 못했다. 못하게 야단을 해서.

삼촌이 객지로 나가지 않을 때도 있었다. 삼촌은 아까시나무를 잘해왔다. 가시가 더덕더덕 달린 아까시나무. 우리는 그 나무를 가시나무라고 불렀다. 가시나무는 생으로도 잘 탔다. 가죽으로 된 가시나무 전용 뭉툭한 장갑을 끼고 삼촌이 집을 나섰다. 두어 시간 후에는 집채만 한 나뭇짐이 작은 사립문 안으로 들어오곤 했다. 안에 털이 들어 있는 군밤장수 모자를 쓰고. 삼촌이 함께 있을 때 우리 집은 늘 따뜻했다. 나무를 아끼지 않고 땠으니까.

한번은 동네 아이들 몇과 나무를 하러 갔었다. 삼촌 몰래. 재밌었다. 소나무 삭정이는 낫만 갖다 대도 툭 하고 부러졌다. 삭정이를 모아 한 다발 만들어 묶어 이고 내려왔다. 마음이 뿌듯했다. 내가 이렇게 나무를 했다는 것이. 할머니에게 칭찬 받을 것 같았다. 집에 도착하니, 삼촌이 마당에 나와 있

당신이 있어 따뜻했던 날들

었다.

"이제 삼촌은 나무 안 할 테니 네가 해라. 삼촌 절대 나무 안 해."

목소리는 잔잔했지만 단호했다. 부엌 나뭇간에 해 온 나무를 놓고 나오니 삼촌은 그대로 서 있었다. 얼굴에 차가운 기운이 역력했다. 나를 보면 늘 빙긋 웃었는데 그날은 싸늘했다. 삼촌 눈치를 살폈다. 아무래도 안 되겠기에 조그맣게 불렀다.

"삼촌."

"왜!"

목소리에 힘이 들어간 게 화난 것이 틀림없었다. 겁이 나서 안방으로 들어가려는데, 삼촌이 말했다.

"네가 나무를 하면 사람들이 뭐라고 하겠니. 아버지가 없으니 나무까지 한다고 하지 않겠어? 위험하기도 하고. 어린 네가 해온 나무를 땐 방에 삼촌이 어떻게 자겠어. 이제 절대 하지 마. 공부나 해. 공부 열심히 해서 훌륭한 사람 돼야지. 알았어?"

삼촌 목소리에 물기가 서린 것 같았다. 이렇게 길게 말하는 일이 별로 없는데, 여느 때와 달랐다. 삼촌을 쳐다볼 수가 없어 고개를 숙였다. 한참 만에 고개를 들어보니 삼촌은 하늘을 향해 담배 연기를 길게 내뿜고 있었다. 미안한 생각이 들었다. 나는 재미로 한 건데, 삼촌을 속상하게 했다는 걸 알았기 때문이다. 그 후로 나는 나무를 하러 가지 않았다. 아이들이 아무리 나무하러 가자고 졸라도 안 갔다. 그 당시 아이들에게 나무하는 건 놀이나 다름없었는데도.

그랬는데, 삼촌이 세상을 떠나자 제일 먼저 해야 할 게 나무였다. 나무하기도 쉽지 않아 냉기만 겨우 가신 방에서 겨울을 나야 했다. 바람 부는 겨울 산에서 나무를 하며 속으로 수도 없이 삼촌을 불렀다. 바람 때문인지, 그리움 때문인지, 눈물이 하염없이 흘러 얼굴은 더 꽁꽁 얼고 추웠다. 봄이 오기를 그때처럼 간절히 바란 적이 또 있었을까.

바람 불고 추운 세상에 내가 휘딱 내던져졌다는 것을 그제야 어렴풋이 알았다. 삼촌 울타리, 그 그늘에 있던 날들이, 다시는 올 수 없다는 것도. 살면서 자주 외로웠다. 지치고 힘들기도 했다. 위축되기도 했다. 그럴 때마다 삼촌을 떠올렸다. 그렇게 보호받고 사랑받았던 날들도 함께. 삼촌이 있음으로

당신이 있어 따뜻했던 날들

따뜻했던 그날들이, 내 삶의 원동력이 되어 다시 힘을 내게 했고, 나를 곧추세울 수 있었던 것 같다.

따사로운 햇볕으로

"삼촌 산소에 가자."

장례 치르고 한 달쯤 지난 어느 날이었다. 할머니가 내게 조용히 말했다. 동생들은 데리고 가지 말고 둘이만 가자는 거였다. 할머니는 조그만 보따리를 하나 들고 있었다. 둘이 살며시 길을 나섰다.

삼촌이 농사짓느라 다니던 논밭 옆을 지났다. 겨울이 깊어지고 있는 땅은 꽁꽁 얼어 딱딱했다. 빈들에는 겨울바람만 매서웠다. 할머니가 목도리를 풀어서 내게 매주었다. 쪽찐 머리에서 흘러내린 잔머리가 바람에 흩날렸다. 연곡 골짜기에서 불어오는 겨울바람은 유난히 추웠다. 김유신 생가 마을 못 미처에서 산으로 올라가야 했다. 태령산을 향해 올라갔다. 모든 나무와 풀이 거무튀튀한 무채색이었다. 죽은 듯 침묵하는 산과 들. 할머니와 나도 침묵한 채 걷기만 했다.

산에 오르며 불길한 예감이 커졌다. 그 예감은 집에서 나설 때부터였다. 할머니의 보따리 때문이었다. 그게 수상했다. 설마 아니겠지, 하다가도 혹시 내 짐작이 맞는 거라면 어떡하지 싶었다. 윗동네 어떤 아주머니도 양잿물을 먹고 세상을 떠났다지 않는가. 그러고 보면 할머니 행동이 어딘가 수상했다. 잔뜩 긴장이 되었다. 얼른 삼촌 산소에 도착하고도 싶었다. 우리는 산소를 향해 타박타박 걸었다.

중간에 한 번 쉬었다. 바위에 걸터앉은 할머니는 치마 안주머니에서 담배를 꺼냈다. 성냥을 켜서 불을 붙인 후, 연기를 깊게 빨아들이고 길게 내뱉었다. 땅이 꺼질 것 같은 한숨도. 할머니는 말이 없었다. 멍하니 저 아래 우리가 올라온 길을 쳐다보며 담배만 태웠다.

"할머니, 보따리……."

"아녀."

수상한 보따리를 할머니는 끝내 주지 않았다. 내가 들고 가면서 만져보면 뭔지 알 수도 있을 텐데. 마음이 더 불안해졌다. 동생이라도 하나 데리고 올걸. 둘이만 가자는 할머니의 말에 따른 게 후회되었다. 담배를 다 태운 할머니는 앉았던 바위에서 몸을 일으켰다. 여전히 보따리를 꼭 쥐고.

또 한참 걸었다. 저 위에 삼촌 산소가 보였다. 옆집 상희네 할머니 산소 옆이었다. 살았을 때 이웃에 살았는데 돌아가셔서도 이웃해 있었다. 떼가 제대로 입혀지지 않은 삼촌 산소는 민둥산처럼 을씨년스러웠다. 산소가 저만치 보이자마자 할머니는 울기 시작했다. 장례식 내내 너무나 의연했던 할머니가.

산소 앞에 이르자 할머니는 목청껏 소리 내어 울었다. 이 에미를 두고 네가 죽다니, 니 조카 새끼들을 어떡하라고 네가 갔니. 이놈아, 이놈아! 할머니의 울음과 사설이 태령산을 뒤흔들었다. 나도 삼촌을 부르며 울었다. 얼마나 울었는지 알 수 없다. 목이 쉴 정도로 울고 나서 할머니가 보따리를 풀었다. 나는 또 긴장했다. 양잿물일까 봐.

보따리에서 나온 건 소주 한 병과 북어포 한 마리였다. 소주를 잔에 따랐다. 북어포를 접시에 올려놓고 젓가락을 얹었다.

"삼촌한테 절해라."

할머니가 울먹이며 말했다.

나는 찬 땅바닥에 엎드려 두 번 절했다. 할머니가 담배를 한

개비 꺼내 불을 붙여 접시에 올려놓았다. 담뱃불이 조금씩 타들어갔다. 할머니는 소주에 입만 댔다 떼고 산소 주위에 모두 뿌렸다. 민둥산 같은 봉분을 쓰다듬으며, 아이고 이놈아, 이놈아, 하면서. 나는 울면서도 할머니가 양잿물을 가지고 오지 않았다는 것에 안도의 숨을 내쉬었다.

산에서 내려오며 할머니는 몇 번이나 내 머리를 쓰다듬었다. 삼촌 생각해서 공부 열심히 하라며. 삼촌에겐 니들밖에 없었다는 말도 했다. 할머니 얼굴이 그렇게 슬퍼 보였던 적은 없었다. 힘없이 걷는 할머니의 뒷모습도. 집으로 올 때 수상했던 보따리를 내가 들고 왔다. 빈 소주병과 북어포 그리고 수저와 접시였다.

산소에 갈 때 꽁꽁 얼었던 땅이 집으로 올 때는 약간 질척했다. 아무리 추운 겨울이라도 따사로운 햇볕에 녹은 모양이다. 우리들의 춥고 슬픈 마음도 세월이 흐르면서, 조금씩, 아주 조금씩, 녹고 닳아졌다. 삼촌은 따사로운 햇볕으로 나와 함께 있었던 게 아닐까. 그래서 꽁꽁 언 땅처럼 암담한 날들을 견디게 했으리라.

이제 이렇게 그날의 일을 떠올려볼 수 있다. 물론 지금도 담담하진 않다. 이 글을 쓰면서 또 눈물을 줄줄 흘렸으니까. 마음껏 생각하고 울어본다는 게 필요하다고 느꼈다. 그게 두려워 생각조차 하지 않으려고 노력한 세월이었는데. 이렇게 아픈 상처를 드러내는 것도 필요한가보다. 그 상처를 햇볕에 보송하게 말리는 것도.

집이 보이는 데까지 왔을 때, 해가 서쪽을 향해 기울어져 있었다. 할머니의 하얀 고무신에 흙이 들러붙었다. 내 운동화에도. 낮게 엎드린 지붕 위로 옆집 상희네 소죽 쑤는 연기가 피어올랐다.

"배고프지?"

"아니요."

할머니는 또 내 머리를 쓰다듬었다. 생전에 삼촌이 그랬듯이.

당신이 있어 따뜻했던 날들

따사로운 햇볕으로

또, 이별

삼촌과 겨우 3개월 같이 읍에서 살았던 작은 엄마가 우리 집으로 들어왔다. 작은엄마는 나와 함께 행랑채 건넌방을 썼다. 작은엄마의 아기와 셋이. 방학이 끝나도 나는 하숙집으로 가지 못했다. 하숙비 부담도 있었지만 식구들과 헤어져 있기도 싫었다. 어머니와 작은엄마는 무슨 이야긴지 늘 진지하게 나누었다. 할머니는 거의 말을 잃었다.

작은엄마는 우리를 대학까지 꼭 공부시켜주기로 삼촌과 약속했다며 공부만 열심히 하라고 했다. 작은엄마가 삼촌과 만나 살림을 차리게 된 것은 딸린 자식 때문이라고 모두 말했다. 그러나 작은엄마는 조카와 형수를 생각하는 삼촌의 마음에 감동받았다고 했다. 아무리 애가 딸렸다고 해도, 아무것도 없는 집에 그것도 나이가 열 살이나 많은 삼촌에게, 시집올 마음을 먹었겠냐는 거다.

삼촌이 세상을 떠나고 넉 달 정도 작은엄마는 우리와 함께 살았다. 밤마다 내가 잠이 든 것 같으면 숨죽여 울었다. 그러면 나도 터져 나오는 소리를 억누르고 가슴으로 울었다. 한번은 둘이 끌어안고 흐느꼈다. 작은엄마는 삼촌이 하늘에서 우리를 볼 거라며, 꼭 훌륭한 사람이 되어야 한다고 당부했다. 삼촌이 우리 이야기를 얼마나 많이 했는지, 우리에 대해 모르는 게 없었다.

작은엄마는 이 집에서 영원히 살 거라고 했다. 아기를 할머니에게 맡기고 어머니와 보따리 장사를 하겠다는 계획을 이야기했다. 어머니도 승낙했다. 그런데 할머니가 허락하지 않았다. 혼인신고를 안 했고 결혼식을 한 것도 아니니 갈 길 가라며 등을 떠밀었다. 할머니가 너무도 야속했다. 그러나 할머니 입장에서 남편 없는 두 며느리를 어떻게 데리고 살겠는가. 더구나 삼촌 핏줄도 아닌 아기를 데리고 이 집에서 살겠다는 작은엄마를. 몇 차례 세 사람이 언쟁하는 것을 보았다. 그런 날 밤이면 작은엄마는 나를 가슴에 안고 울었다.

나는 수없이 작은엄마에게 다짐을 받았다. 나랑 같이 살 거라는 다짐. 그럴수록 내 마음은 더 불안해져갔다. 꼭 가버릴 것만 같아서. 잠시라도 안 보이면 작은엄마 어디 갔냐고 식구들에게 캐물었다. 할머니는 그럴 때면 나를 달랬다.

"니 작은엄마 이제 그만 보내주자."

"안 돼요, 할머니. 우리랑 같이 산댔어요."

어머니는 한숨만 푹푹 쉴 뿐이었다. 어머니와 작은엄마는 서로 의지했던 것 같다. 소극적이고 얌전한 어머니와 달리 작은엄마는 적극적이고 씩씩했다.

봄이 오고 나는 중학교 2학년이 되었다. 들판에 풀이 파릇파릇하고 봄꽃이 피던 날이었다. 학교에서 돌아온 나는 이상한 예감에 방문을 얼른 열었다. 작은엄마의 옷가지가 하나도 보이지 않았다. 예감은 며칠 전부터 들었다. 아침에도 작은엄마에게 다짐을 받고 학교에 갔던 터였다. 장롱을 열어보니 아기 옷과 물품도 다 없어졌다. 나는 발광을 하듯 울어댔다. 할머니와 어머니가 달래며 같이 울었다. 어머니는 작은엄마가 내게 남긴 편지를 건네주었다. 언젠가는 꼭 다시 만나자, 어딜 가도 우리 식구를 잊지 않겠다는 내용의 편지였다. 아기를 예뻐해줘서 고맙다는 말까지. 편지를 읽고, 또 읽고, 눈물로 얼

당신이 있어 따뜻했던 날들

룩져 글씨가 흐려질 때까지, 많이 울었다.

그렇게 작은엄마도 우리 곁을 떠났다. 또, 이별이다. 공부하다가도 울고, 자다가도 울고, 툭하면 울었다. 작은엄마 대신 어머니가 나와 한방을 쓰게 되었다. 세상이 원망스러웠다. 삼촌도 작은엄마도 미워질 지경이었다. 그러면서도 너무 그리워 혼자 울었다. 이별처럼 힘든 게 또 있을까. 그때부터 이별에 대한 트라우마가 생긴 것 같다. 누구나 비슷하겠지만 나는 유난히 이별하는 게 힘들다. 심지어 쓰던 물건과 이별하는 것도 힘들다. 오죽하면 연락이 안 되는 사람들의 연락처까지도 지우지 못할까. 하지만 인연은 쉽게 끝나지 않아서, 인연인가 보다.

막연한 기다림

봄이 다 가고 여름방학이 가까워질 무렵, 학교로 온 작은엄마의 편지를 받았다. 선생님으로부터 편지를 건네받고 대성통곡을 하고 울었다. 선생님들이 무슨 일이냐며 쫓아오실 정도였다. 대략 이야기를 들은 선생님들은 나를 다독여주셨다. 그 후 두어 번 작은엄마의 전화가 학교로 왔다. 교무실에서 통화를 했었다. 그렇게 우리는 근근이 서로의 안부를 물으며 그리움을 달랬다.

그것도 중학교를 졸업하면서 끊어졌다. 졸업 후 나는 객지로 떠돌며 감당하기 힘든 장녀의 짐을 짊어지고 사느라 정신이 없었다. 가끔 꿈에 삼촌이 보이면 작은엄마를 그리워했다. 그러나 지금처럼 통신수단이 발달한 때가 아니었다. 삶에 대한 문제나 의식도 미성숙했다. 어찌어찌하다가 소식이 끊어

지고 말았다. 가끔씩 작은엄마를 생각하며 그리워했지만 연결되지 않은 채 세월이 흘렀다. 어머니와 나는 가끔씩 작은엄마와 아기 이야기를 하며 그 시절을 추억할 뿐이었다. 어디서든 잘 살기나 했으면 좋겠다며 어머니는 한숨을 내쉬곤 했다.

그러던 어느 날 기적 같은 일이 일어났다. 시골 우리 집으로 작은엄마가 찾아온 것이다. 35년 만이었다. 작은엄마도 우리를 잊지 않았다. 어머니와 하룻밤 지내고 가기까지 했단다. 내 연락처를 알려줬으니 조만간 소식이 올 거라는 어머니의 말에 하루하루 설레며 기다렸다. 그러던 몇 날 후, 작은엄마로부터 전화가 왔다.

"누구세요?"

"작은엄마야."

내 물음에 조금의 주저함도 없이 대답했다. 우리는 두 시간도 넘게 울며 웃으며 통화했다. 단발머리 여학생인 내 모습만 선하다며, 항상 생각했단다. 어느 날은 꿈에 삼촌이 나와 달력을 보면 삼촌 기일이었다고 했다. 삶의 터전을 몇 번이나 옮기며 힘들게 살았지만 우리를 잊은 적이 없단다. 나도 불쑥불쑥 생각나곤 했었는데. 고깟 6개월 남짓한 인연이 뭐기에.

우리의 이야기는 끝날 줄 모르고 계속되었다. 그 후 수시로 전화 통화하며 만날 날을 고대했다.

그러나 우리는 만나지 못했다. 통화만 하던 어느 날 조급한 생각이 들어 내가 가겠다고 했다. 그런데 작은엄마가 다음에 만나자는 것이다. 이유를 묻자 작은엄마가 대장암으로 투병 중이며 지금은 상태가 안 좋으니 웬만큼 나아지면 만나자는 거다. 그때까지 조금만 기다리자고 했다. 그러면 더더욱 만나야 하지 않겠느냐며 당장에라도 가겠다고 했다. 하지만 작은엄마는 이런 모습 보이기 싫다며, 그렇게 못 잊은 조카인데 건강한 모습으로 만나고 싶다고 했다.

연락하겠다는 말을 믿고 기다렸다. 그러나 한동안 아무런 연락이 없었다. 시간이 흘러 다시 내가 전화를 했다. 작은엄마의 전화는 신호음만 가고 연결이 되지 않았다. 병원에 입원한 상태인가 싶어 소식 오기를 기다렸다. 그러다 며칠 후 다시 전화를 걸어보았다. 이제는 받을 수 없는 전화라는 안내만 나왔다. 마음이 황량해졌다. 눈물도 주르르 흘렀다.

작은엄마와 영영 연락이 끊어지고 말았다. 너무도 안타까웠다. 내가 더 적극적으로 만날 기회를 만들지 못한 것이. 알면서

당신이 있어 따뜻했던 날들

도 놓쳤다. 우리의 삶에서 모든 게 순간에 지나지 않는다는 걸. 어리석기만 한 처사였다. 또 기회가 있을 거라고, 안일하고 나태하게 생각한 탓이다. 모든 게 순간에 지나지 않는데 말이다. 후회와 아쉬움으로 내 마음에 깊은 상처만 남기고 말았다.

그렇게 우리는 삼 년 정도 전화 통화만 가끔 했다. 한번 전화를 하면 보통 두 시간 넘겨 이야기를 나누었다. 우리의 작은엄마로 산 세월은 6개월 남짓, 삼촌과 3개월밖에 살지 않은 너무도 짧은 인연이었다. 모두 녹록하지 않은 삶의 골짜기를 헤매고 산 사람들인데, 우리는 왜 이다지 잊지 못하는 걸까. 서로가 주고받은 진심, 그거 말고는 이해가 안 된다. 그 긴 세월동안 숨 돌릴 잠깐 동안의 여유가 있을 때 불쑥불쑥 서로를 그리워했으니까.

아직도 내 휴대폰에서 작은엄마 전화번호가 검색된다. 한참 쳐다보며 얼굴을 떠올린다. 50년 동안 한 번도 못 만난 젊고 고운 얼굴. 작은엄마가 나를 단발머리 여학생으로 기억하듯 나도 그렇다. 가만히 불러본다. 하늘에 계실까. 아직도 같은 하늘 아래 있지만 전화를 할 입장이 못 되는 것일까. 어릴 적에 작은엄마의 연락을 막연히 기다렸던 것처럼, 지금도 막

연히 기다리고 있다. 불쑥 전화해서 작은엄마야, 하는 다정한
음성을 들을 수만 있다면, 그럴 수만 있다면…….

당신이 있어 따뜻했던 날들

나들이

강물은 흘러갑니다
제3한강교 밑을
당신과 나의 꿈을 싣고서
마음을 싣고서

　그날도 그랬다. 저 노래의 가사처럼 쉬지 않고 얼지도 않은 한강물이 다리 아래로 흘렀다. 그 강물이 흘러 바다로 가는지 어디로 가는지 알지 못했다. 춥기만 한 제3한강교를 삼촌과 건너고 있었다. 밖은 이미 어두웠다. 강바람은 강하고 차가웠다. 잔뜩 웅크리고 코트 주머니에 손을 찔러 넣은 삼촌은 큰 키 때문에 걸음걸이가 휘적대는 것처럼 보였다. 코트는 무척 낡았다. 내 걸음이 조금씩 뒤처지면 삼촌은 느릿느릿 걸으며 나를 한 번씩 돌아보았다.

"저기 보이는 데가 네 고모네 동네야. 조금만 가면 돼."

다리 중간쯤에서 삼촌이 말했다. 저만큼 건너다보이는 동네에는 드문드문 불빛이 흐릿하게 보였다. 다리는 길고 길었다. 가도 가도 불빛이 있는 동네는 다가오지 않고 그대로 있는 듯했다. 삼촌을 따라 서울에 온 걸 순간적으로 후회했다. 낯선 곳에서 며칠을 보내야 한다는 것도 갑자기 부담으로 다가왔다. 고모를 만난다는 기쁨에 들떠 미처 생각하지 못했는데. 밖이 어두워지면서 마음도 조금씩 불안해졌다. 불안감은 추위와 맞닥뜨리며 후회마저 들게 한 것 같다.

"삼촌, 아직 멀었어?"

내 목소리는 추위와 후회로 떨리듯 흘러나왔다.

"조금만 가면 돼. 삼촌이 업고 갈까?"

미안한 마음 때문에 그랬을까.

"아니."

가당키나 한가. 중학교 입학을 앞두고 있는 나였는데. 단호하게 거절했다. 삼촌이 추위에 떨며 빙긋 웃었다. 우리는 또 말없이 걸었다.

많은 이야기를 나누지 않았던 것 같다. 추워서 말도 잘 나오지 않았으니까. 무엇보다 일자리를 찾으러 서울에 온 삼촌이니 얼마나 생각이 많았을까. 지낼 곳도, 일할 곳도, 아무런 것도 정해지지 않은 불확정적인 그 상황에서, 어린 조카와 무슨 할 말이 그리 있었겠는가. 공연히 데리고 와 아이를 춥게 하는 건 아닌가 싶어 마음이 쓰였을 것 같다. 그래서 업고 간다고 했을지도 모른다. 그때는 어려서 삼촌의 마음을 다 읽어주지 못했다. 내가 조잘조잘 이야기라도 했으면 좋았을 것을.

우리가 그 긴 제3한강교를 걸어서 건널 때까지 사람은 한 명도 다니지 않았다. 차도 다니지 않았다. 우리의 대화도 그쯤에서 끊어졌다. 강바람을 맞으며 타박타박 성큼성큼 걸을 뿐이었다. 그때 다리도 공사만 해놓았지 아직 개통이 되지 않았다. 일찍 도착했다면 우리는 배를 타고 강을 건너야 했을 거다. 배가 끊어지고 차도 아직 다니지 않는 그 다리를 삼촌과 내가 어둠 속에서 건넜다. 단둘이서. 이 기억은 정확하지 않다. 어쩌면 차비나 배 삯이 없어 걸었을지도 모른다.

다리를 건너 배나무 밭 옆을 지났다. 골목길과 오솔길을 걸어 고모네 집에 도착했다. 저녁때가 한참 지난 깊어가는 밤이었다. 우리는 고모가 차려온 늦은 저녁밥을 먹었다. 아침에

나들이

일어나보니 삼촌은 벌써 떠나고 없었다. 고모 집에서 보름 정도 지냈던 것 같다. 중학교 입학식 며칠을 앞두고 집으로 돌아갈 때는 혼자였다. 고모부가 용산역에서 버스를 태워주었다. 그날로부터 열 달쯤 후, 그해를 며칠 남겨두고 삼촌은 사고로 세상을 떠났다. 서울 나들이가 삼촌과 단둘이 한 처음이자 마지막 나들이였다.

중학교를 졸업하고 서울에 와 살면서 제3한강교를 수도 없이 건너다녔다. 버스를 타고. 그럴 때마다 삼촌과 함께 다리를 건너던 그 겨울밤을 떠올리곤 했다. 강 아래로 흐르는 물은 내 마음을 싣고 흐르는 걸까. 이미 세상을 떠나버린 삼촌이 그리워 속으로 많이 울었다. 저 다리에 삼촌의 발자국이 찍혀 있겠지, 하는 생각이 들면, 가슴이 터질 듯 아파왔다. 내 마음을 아는지 모르는지 강물은 저 노래의 가사처럼 마음을 싣고서 흘러만 가고 있었다.

인생에서 확정적인 게 얼마나 될까. 내일이 있다고, 확실히 있다고, 말할 수 있을까. 삼촌이 갑자기 세상을 떠나고부터 나에게 생긴 불안감이다. 조심하고 또 조심하면서 살게 된 것도 그 불안감 때문이다. 병으로 생각될 정도로 심하게 그 불

당신이 있어 따뜻했던 날들

안감이 엄습해 올 때도 있었다. 그만큼 나에게 삼촌의 부재는 충격이고 상실의 극치였다.

저 노래를 부르는 가수의 애절한 목소리가 가슴을 파고든다. 거무스름한 코트 깃을 올리고 휘적대며 걷는 삼촌의 모습이 떠오른다. 업고 갈까? 삼촌의 목소리도 생생하게 되살아난다. 삼촌이 내 곁을 떠난 지 오래되었지만 내 마음속에는 여전히 함께 있다. 그리운 삼촌, 우리 삼촌.

목숨 값으로 산 땅

삼촌이 세상을 떠나고 삼 년쯤 되었을 때 우리는 논 여섯 마지기를 샀다. 우여곡절 끝이었다. 삼촌이 교통사고로 돌아가셨기 때문에, 유족 보상금이 나왔다. 보상금이 나오는데 절차가 원활하지 않아 시간이 오래 걸렸고, 그것이 우리 손에 들어오기까지 여러 장애가 있었다. 남자 어른이 없다 보니 예기치 못한 일도 생겼다. 그때만 해도 할머니와 어머니는 어수룩했고 우리는 어렸으니까. 전적으로 막내고모와 고모부의 물질적 도움과 관심으로 논을 사게 된 거였다.

평생 남의 땅 소작만 하고 산자락에 손발이 닳도록 따비밭을 일구었던 삼촌, 살아서 땅 한 평 가져보지 못한 삼촌이, 목숨 값으로 우리를 위해 땅을 사주었다. 객지에 있을 때 땅 샀다는 편지를 동생에게 받았다. 이제 식구들이 굶지 않을 것 같아 안도감이 들면서, 삼촌이 가엾어 가슴 아팠다. 살아서 그 땅을 샀다면 얼마나 좋았을까. 산비탈 따비밭에서 돌을 골라내고 나무뿌리를 캐내면서도 희망에 들떴던 삼촌인데.

나는 객지로 떠돌다 잠시 집에 머물 때면 식구들과 논에 가서 일을 했다. 모를 심고 다 여물면 낫으로 베었다. 바람에 쓰러지면 일으켜 세웠고 벼가 익어갈 때는 논두렁에 앉아 새를 쫓았다. 논두렁 한쪽에 있는 대추나무에서 대추를 따 먹기도 했다. 우리 땅이 있다는 게 그렇게 든든할 수 없었다. 그 땅에서 나오는 쌀로 우리 식구 식량이 충분했다. 동생들 학비까지는 안 되었지만. 할머니와 어머니의 품팔이로 호구를 해결하던 날과 비교가 되지 않았다.

추수할 때마다 할머니는 한숨을 내쉬며 혼잣말처럼 웅얼댔다.

"에이그, 저 조카 새끼들 굶기지 않으려고, 그렇게 갔나."

할머니가 한숨을 쉬면 내 가슴이 쪼그라드는 것 같았다. 너무도 아파서.

그래도 묵묵히 거들었다. 떨어진 이삭 하나 남기지 않고 주웠다. 추수 끝난 논바닥에서. 부엉산의 마른 떡갈나무 낙엽이, 바람 타고 논바닥으로 날아왔다. 하늘은 구름 한 점 없이 푸르고, 바람은 소슬했다. 메뚜기가 논바닥에서 뛰다가, 묶은 볏단 위로 날아갔다.

"아가! 이삭 줍지 마라."

베어 세운 볏단을 잘 마르도록 뒤채던 할머니가 허리를 펴며 말했다.

"왜요? 아깝잖아요. 이렇게 많이 주웠는걸요."

"이제 줍지 마. 땅 가진 사람이 이삭 싹싹 줍는 거 아녀. 새참이나 먹자."

할머니는 논 가장자리 둑에 서 있는 버드나무 그늘로 가며 손짓했다. 할머니 곁에 가 앉았다. 새참으로 가져온 찐 고구마를 물과 함께 꺼냈다.

"우리도 전에 남의 논에서 이삭을 주웠잖니? 이삭은 땅 없는 사람들이 줍도록 두어야 해."

내 속을 들여다보듯 할머니는 고구마 껍질을 벗기며 말했다.

"그래도……."

못내 아쉬웠다. 삼촌이 사준 땅인데, 거기서 난 이삭인데,

하나도 허실하기 싫었다. 할머니는 내 생각을 다 들여다보는 것 같았다. 그만큼 연세가 되면 사람 속마음도 다 아나보다.

새참을 드신 할머니는 담배를 꺼내 물었다. 소나무 껍질처럼 거친 할머니의 손마디가 굵었다. 햇볕에 그을려 거무스름한 손과 자랄 새 없이 닳은 손톱. 쪽찐 반백의 머리카락이 가을 햇살을 받아 눈부셨다. 구멍 난 러닝셔츠는 땀에 젖어 더 낡음낡음했다. 논바닥에는 베어 세운 볏단이 가을 좋은 볕에 마르고, 할머니는 볏단을 보며 담배를 태웠다.

그 논에서 나오는 쌀로 우리는 굶주리지 않게 되었다. 바로 위에 저수지가 있어 논에 물댈 걱정은 없지만, 물이 많아 질퍽거릴 때도 있었다. 큰길 옆이라 버스나 트럭이 지나갈 때면, 뽀얀 먼지가 일어 논으로 날아오곤 했다. 논에서 일하다 힘들면 저수지 둑을 거닐며 여유를 가졌다. 봄에는 민들레와 제비꽃이 피었고, 여름에는 개망초가 온통 둑을 뒤덮었다. 가을에는 갈대가 드문드문 피어 긴 목을 흔들었다.

고추잠자리 두어 마리가 할머니 머리 위를 맴돌았다. 할머니는 다 피운 담배를 비벼 끄며 논바닥을 쳐다보았다. 묶어서 세운 토실하고 노란 볏단에 메뚜기가 뛰어다녔다.

"네 삼촌이 니들 안 굶기려고……."

독백처럼 읊조리는 할머니 눈에 눈물이 어렸다. 갑자기 삼촌이 그리워 훌쩍거렸다. 할머니가 내 머리를 쓰다듬었다. 눈물이 자꾸자꾸 흘러내려 고개를 들 수 없었다. 할머니가 엉덩이를 털며 일어났다.

부엉산의 산비둘기 소리가 더욱 높아지고, 논둑에 들국화가 노랗게 피어 가을바람에 흔들렸다.

기억의 문을 열면

어릴 적 성적통지표 보호자란에 찍힌 도장, 그 이름이 아직도 선명하다. 최, 호 자, 석 자, 우리 삼촌의 이름이다. 빨간 인주를 묻혀 찍힌 도장 안의 이름은 정직하고 강인해 보인다. 실제로 그렇게 살다가 음력 섣달 초이튿날에, 서른아홉 살 짧은 삶을 마쳤다. 평생 무거운 가장의 짐을 지고 사막의 낙타와 농촌의 황소처럼 살았다. 사나 죽으나 우리의 보호자였던 삼촌이다.

내가 다섯 살, 남동생 세 살, 여동생은 어머니 복중에 있을 때 아버지가 돌아가셨다. 그 아버지의 남동생인 삼촌이 실질적으로 우리의 아버지였다. 우리는 물질적으로는 결핍이 있었지만 정신적으로는 전혀 결핍되지 않았다. 풍요로웠고 따뜻했다. 완벽하게 아버지가 되어주었던 삼촌 덕분이다. 오로

지 우리를 위해 살았던 십 년은 성년이 된 삼촌의 삶에서 절반에 해당하는 시간이었다.

얼마나 힘들었을까. 얼마나 무거웠을까. 한 사람의 삶에 깊이 들어가 탐색하는 과정에서 아무리 객관적으로 접근하려 해도 되지 않았다. 자꾸 감정이입이 되었다. 삼촌은 그만큼 내 삶의 전반에 영향을 끼쳤고, 지금도 아릿한 아픔으로, 따뜻한 그리움으로, 남아 있기 때문이다. 삼촌 이야기를 쓰면서 나는 여덟 살 즈음에서 열네 살까지 과거 시간 속으로 들어가 살았다. 그 이전의 기억은 아무리 꺼내려 해도 되지 않았다. 때로는 행복했고 때로는 슬펐다. 어렸기 때문에 더 많은 걸 기억하지 못하는 게 안타까웠다.

오랜만에 삼촌 꿈을 꾸었다. 평안한 모습이었다. 아무런 말도 하지 않고 빙긋 웃는 모습이었다. 하늘에서 나를 지켜보았을까. 내 마음을 읽었을까. 꿈을 꾸고 난 후 깨어보니 눈가가 촉촉했다. 가슴이 조금 후련하기도 했다. 보고 싶은 삼촌을 만나서 그럴까. 꿈에서 깨어 함께 지내던 날들을 떠올렸다. 푸릇한 새벽 기운이 퍼지는데 흐느껴 울었다.

태령산 자락에 있던 삼촌의 산소를 몇 년 전에 가족 묘지를

당신이 있어 따뜻했던 날들

마련해 이장했다. 이제 아버지 옆에 삼촌이 누워 있다. 형제는 나란히 누워 무슨 이야기를 두런거릴까. 아버지가 삼촌의 어깨를 토닥거리며 수고했다고 그랬을까. 삼촌은 늘 그렇듯 흐흣 웃었으리라. 서른한 살에 세상을 떠난 아버지를 대신해, 우리를 돌보다 마흔 살도 살지 못하고 떠난 삼촌. 이 세상에 이런 인생을 산 사람이 있다는 걸 말해주고 싶었다. 3개월도 못 되는 결혼 생활로 자식 하나 남기지 못한 한 청년의 삶을.

과거에 가족은 운명공동체였다. 가족을 위한 희생을 당연하고 아름답게 여겼다. 받는 사람도 평생 그 은혜를 마음에 새겼다. 지금은 많은 부분에서 달라졌다. 이제 가족의 형태가 달라졌고 의식도 달라졌다. 가족끼리도 서로 깊이 이해하지 못하는 세상에 우리는 살고 있다. 나 역시 예전과 좀 다른 생각 속에 살고 있으니까. 그러다 보니 우리 삼촌의 삶이 더 귀하게 생각되었다. 당연하다고 생각했던 것들이 새로움으로 다가왔다.

누구에게 강요하고 싶지 않다. 삼촌과 같은 희생을. 그래서도 물론 안 된다. 그러나 아름다운 것은 확실하다. 삼촌은 숙명처럼 지고 간 삶이었겠지만 얼마든지 우리를 팽개치고 다른 삶을 선택했을 수도 있었다. 그 삶을 선택하지 않은 삼촌 덕분에 우리가 살 수 있었다. 마음이 풍요롭고 사랑 듬뿍 받으며 결핍되지 않는 유년기를 보낼 수 있었다. 물질적으로는 결핍이 많았을지라도. 자연스럽게 깨달은 게 바로 그것이었다. 정신적으로 충족되면 물질적으로 결핍되는 것도 넘어설 수 있다는 것.

일자 형 초가집에 방 두 칸, 나중에 직접 벽돌을 찍어 지은 행랑채, 신식 화장실, 자그마한 안마당, 한쪽에 비스듬히 누운 사립문, 나지막한 토담, 뒤란의 싸리나무 울타리, 울타리를 타고 올라가던 황매화, 앵두나무 두 그루, 골담초, 건조실 두 개, 장독대, 옆에 피던 달리아와 백합, 작은 화단. 우리 삼촌과 여섯 식구가 오순도순 살던 옛날 우리 집이다. 이제는 내 기억 속에만 있는.

그 기억의 문을 열면, 삼촌이 감자를 구워 들고 건조실 아궁이 앞에서 우리를 기다린다. 검게 그을린 얼굴로 흐뭇 웃으며. 동생들은 정신없이 뛰고 내달리며 시시덕거리고. 할머니와 어머니는 부엌과 뒤란에서 달그락거리며 부지런히 움직이고. 나는 방바닥에 엎드려 숙제를 하고. 달리아와 채송화가

당신이 있어 따뜻했던 날들

분꽃과 함께 우리 식구들 웃음처럼 피어나고. 옆집 감나무에 매미 소리 시원스럽고……. 삼촌, 당신이 있어 따뜻했던 날들.

기억의 문을 열면

어느 한 사람의 인생에 관심을 갖는다는 건 의미 있는 일이다.
그 바탕에 사랑이, 그리움이, 없다면 되지 않는 일이기 때문이다.